蠹鱼文丛

策划组稿：周音莹
　　　　　夏春锦
篆　　刻：寿勤泽

蠹鱼文丛

丰子恺丰一吟友朋书简

杨子耘 禾塘 编

浙江古籍出版社

图书在版编目(CIP)数据

丰子恺丰一吟友朋书简 / 杨子耘，禾塘编. — 杭州：浙江古籍出版社，2023.7

（蠹鱼文丛）

ISBN 978-7-5540-2644-1

Ⅰ. ①丰… Ⅱ. ①杨… ②禾… Ⅲ. ① 丰子恺（1898-1975）—书信集 Ⅳ. ①K825.72

中国国家版本馆CIP数据核字（2023）第120776号

蠹鱼文丛

丰子恺丰一吟友朋书简

杨子耘　禾　塘　编

出版发行　浙江古籍出版社

（杭州市体育场路347号　邮编：310006）

网　　址　https://zjgj.zjcbcm.com

责任编辑　石　梅

整体装帧　吴思璐

责任校对　吴颖胤

责任印务　楼浩凯

照　　排　浙江时代出版服务有限公司

印　　刷　浙江海虹彩色印务有限公司

开　　本　710 mm × 1000 mm　1/16

印　　张　12.75

彩　　插　2

字　　数　198千字

版　　次　2023 年 7 月第 1 版

印　　次　2023 年 7 月第 1 次印刷

书　　号　ISBN 978-7-5540-2644-1

定　　价　88.00 元

凡　例

一、本书以人系信，写信人按出生先后顺序排列，同一人的书信按写作时间编次。

二、书中主要收录缘缘堂友朋致丰子恺、丰一吟的书信，间收数通致丰陈宝、崔锦钧等人的书信，亦于各写信人名下按写作时间排列。

三、每位写信人系以简单介绍。

四、信中落款形式各异，整理时皆保留原貌。没有年份乃至月份者，考证后补入并加括号标注。个别年份无考者，附于该人所有书信之后。部分书信中落款年份书写为干支纪年或民国纪年，均括注公元纪年。

五、信中有少量繁体字、异体字、二简字，均改为当今通行之正体字；明显笔误之处，亦径改。

六、信中标点符号多有省略者，据今之习惯用法酌加。

七、信中“18/10、19/10 两信”“五・廿九半夜到台北”之类的表述保持原样。

八、书中包含两通日文书信，已翻译为中文，由于日文原信文字识别困难，部分地方采取意译方式疏通语句。

九、部分书信略加小注，方便读者阅读。

目录

弘一法师　10通

弘一法师（1880—1942），原名李叔同，法名演音。李叔同在浙江两级师范学校（后改名浙江省立第一师范学校）担任音乐、图画课教师时，丰子恺是其学生。后丰子恺拜弘一法师为师，皈依佛教。

1

圆净[①]、子恺二居士同览：

惠书及另寄之画稿、宣纸等皆收到。

披阅画集，至为欢喜赞叹。但稍有美中不足之处，率以拙意，条述如下，乞仁等逐条详细阅之。致祷！

△案此画集为通俗之艺术品，应以优美柔和之情调，令阅者生起凄凉悲悯之感想，乃可不失艺术之价值。若纸上充满残酷之气，而标题更用"开棺""悬梁""示众"等粗暴之文字，则令阅者起厌恶不快之感，似有未可。更就感动人心而论，则优美之作品，似较残酷之作品感人较深。因残酷之作品，仅能令人受一时猛烈之刺激；若优美之作品，则能耐人寻味，如食橄榄然。（此且就曾受新教育者言之，若常人，或专喜残酷之作品。但非是编所被之机，故今不论。）

△依以上所述之意见，朽人将此画集重为编订，共存二十二张。（尚须添画两张，共计二十四张。添画之事，下条详说。）残酷之作品，虽亦选入

① 即李圆净，《护生画集》的编者之一。《护生画集》是丰子恺、弘一法师等人以"人道主义为宗趣"编印的画集，丰子恺负责作画，弘一法师负责说明文字，李圆净负责出版发行等事宜。

三四幅。然为数不多，杂入中间，亦无大碍。就全体观之，似较旧编者稍近优美。至排列之次序，李居士旧订者固善，今朽人所排列者，稍有不同，然亦煞费苦心。尽三日之力，排列乃定。于种种方面，皆欲照顾周到。但因画稿不多，难于选定。故排列之次序，犹不无遗憾耳。

△此画稿尚须添画二张。其一，题曰“忏悔”。画一半身之人（或正面，或偏面，乞详酌之），合掌恭敬，作忏悔状。其衣服宜简略二三笔画之，不必表明其为僧为俗。

其一，题曰“平和之歌”。较以前之画幅，加倍大（即以两页合并为一幅，如下记之图形）[①]。其虚线者，即是画幅之范围。其上方及两旁，画舞台帷幕之形。其中间，画许多之人物，皆作携手跳舞、唱歌欢笑之形状。凡此画集中，所有之男女人类及禽兽虫鱼等，皆须照其本来之相貌，一一以略笔画出。（其禽兽之已死者，亦令其复活。花已折残者，仍令其生长地上，复其美丽之姿。但所有人物之相貌衣饰，皆须与以前所画者毕肖。俾令阅者可以一一回想指出，增加欢喜之兴趣。）朽人所以欲增加此二幅者，因此书名曰“护生画集”。而集中所收者，大多数为杀生伤生之画，皆属反面之作品，颇有未安。今依朽人排定之次序。其第一页《夫妇》，为正面之作品。以下十九张（惟《农夫与乳母》一幅，不在此类）皆是反面之作品，悉为杀生伤生之画。由微而至显，复由显而至微。以后之三张，即是《平等》及新增加之《忏悔》《平和之歌》，乃是由反面而归于正面之作品。以《平和之歌》一张作为结束，可谓圆满护生之愿矣。

△集中所配之对照文字，固多吻合。但亦有勉强者，则减损绘画之兴味不少。今择其最适宜者用之。此外由朽人为作白话诗，补足之。但此种白话诗，多非出家人之口气，故托名某某道人所撰。并乞仁等于他人之处，亦勿发表此事（勿谓此诗为余所作）。昔蕅益大师[②]著《辟邪集》，曾别署缁俗之名，杂入集中。今援此例而为之。

△《夫妇》所配之诗，虽甚合宜。但朽人之意，以为开卷第一幅，须用

---

① 此处原件有图形。

② 即蕅益智旭，为明代净土宗僧人，有《辟邪集》二卷。

优美柔和之诗。至残杀等文义，应悉避去。故此诗拟由朽人另作。

△画题有须改写者，记之如下。乞子恺为之改写。

《溺》改为《沉溺》（第二张）。

《囚徒之歌》改为《凄音》，原名甚佳，因与末幅《平和之歌》重复，故改之（第三张）。

《诱杀》改为《诱惑》（第四张）。

《肉》改为《修罗》（第十一张）。

《悬梁》能改题他名，为善。乞酌为之（第十三张）。

又《刑场》之名，能改题，更善。否则仍旧亦可（第十二张）。

△朽人新作之白话诗，已成者数首，贴于画旁，乞阅之。（凡未署名者皆是。）

△对照之诗，所占之地位，应较画所占之地位较小，乃能美观（至大，仅能与画相等）。万不能较画为大。若画小字大，则有喧宾夺主之失，甚不好看。故将来书写诗句之时，皆须依一一之画幅，一一配合适宜。至以后摄影之时，即令书与画同一时、同一距离摄之，俾令朽人所配合大小之格式，无有变动。

△最后之一张画，即《平和之歌》，是以两页合拼为一幅。将来此幅对照之诗，其字数较多，亦是以两页合拼为一幅。诗后并附短跋数语，故此幅之字数较多也。

△画集，附挂号寄上。乞增补改正后，再挂号寄下，并画好之封面，同时寄下。

△将来印刷之时，其书与画之配置高低，及封面纸之颜色与结纽线之颜色，能与封面画之颜色相调和否？皆须乞子恺处处注意。又画后，有排版之长篇戒杀文字，亦须排列适宜。其圈点之大小，与黑色之轻重，皆须一一审定。因吾国排字工人之知识，甚为幼稚，又甚粗心，决不解美观二字也。此事至要，慎勿轻忽。

△此画集如是编定，大致妥善。将来再版之时，似无须增加变动。

△所有删去之十数张，将来择其佳者可以编入二集。兹将删去之画，略评如下：

《诱杀（二）》，此画本可用。但以此种杀法，至为奇妙，他人罕有知者。今若刊布，恐不善之人，以好奇心，学此法杀生。故删去。

《尸林》《示众》《上法场》《开棺》，皆佳。但因此类残酷之作，一卷之内不宜多收，故删去。将来编二集时，或可编入。但画题有宜更改者。

《修罗》，此画甚佳。但因与《肉》重复，故删去。今于《肉》改题为《修罗》，则此幅《修罗》应改为他名。俟编二集时，可以编入。

《炮烙》亦可用。今因集中，有一花瓶一玻璃瓶，与此洋灯罩之形相似。若编入者，稍嫌重复，故删去。

《采花感想》，此画章法未稳。他日改画后，可以选入二集。

《生的扶持》亦可用。因与《夫妇》略似，故删去。

《义务警察》，今人食犬肉者罕闻。此画似可不用。

《杨枝净水》，此画可用。将来编二集时，可以此画置在最后之一幅。

△将来编二集时，拟多用优美柔和之作，及合于画生正面之意者。至残酷之作，依此次之删遗者，酌选三四幅已足，无须再多画也。

△此次画集所选入者，以《母之羽》《倘使羊识字》《我的腿》《农夫与乳母》《残废的美》，为最有意味。《肉》，甚有精彩。

△以上所述之拙见，皆乞仁等详细阅之。画稿增改后，望早日寄下，为盼！

△子恺所画之格子，现在虽未能用。但由朽人保存，以备将来书写他种文字用之，俾不辜负量画一番之心血。至此次书写诗句时，应用之格子，拟由朽人自画。因须斟酌变通，他人不能解也。

△宿疾已愈，惟精神身体，皆未复元。草草书此，诸希鉴察，为祷！

（1928年）八月廿一日　演音上

此函发出之时，同时已另写一明信片，寄与（狄思威路[①]）李居士，请彼即亲至江湾索阅此函。故仁者收到此函后，无须转寄与李居士。恐途中遗失也。如李居士已往他处，一时不能返沪，而欲急阅此函者，乞挂号寄去为宜。

---

① 位于今上海市虹口区，现名溧阳路。

2

子恺居士：

初三日惠书，诵悉。兹条复如下：

△周居士动身已延期。网篮恐须稍迟，乃可带上。

△《佛教史迹》已收到，如立达[①]仅存此一份，他日仍拟送还。

△护生画，拟请李居士等选择（因李居士所见应与朽人同）。俟一切决定后，再寄来由朽人书写文字。

△不录《楞伽》等经文，李居士所见，与朽人同。

△画集虽应用中国纸印，但表纸仍不妨用西洋风之图案画，以二色或三色印之。至于用线穿订，拟用日本式。即是此种之式，[②]系用线索结纽者，与中国佛经之穿订法不同。朽人之意，以为此书须多注重于未信佛法之新学家一方面，推广赠送。故表纸与装订，须极新颖警目。俾阅者一见表纸，即知其为新式之艺术品，非是陈旧式之劝善图画。倘表纸与寻常佛书相似，则彼等仅见《护生画集》之签条，或作寻常之佛书同视，而不再披阅其内容矣。故表纸与装订，倘能至极新颖，美观夺目，则为此书之内容增光不小，可以引起阅者满足欢喜之兴味。内容用中国纸印，则乡间亦可照样翻刻。似与李居士之意，亦不相违。此事再乞商之。

△李居士属书签条，附写奉上。

△"不请友"三字之意，即是如《华严经》云"非是众生请我发心，我自为众生作不请之友"之意。因寻常为他人帮忙者，应待他人请求，乃可为之。今发善提心者，则不然。不待他人请求，自己发心，情愿为众生帮忙，代众生受苦等。友者，友人也。指自己愿为众生之友人。

△周孟由[③]居士等，谆谆留朽人于今年仍居庆福寺。谓过一天，是一天，得过且过，云云。故朽人于今年下半年，拟不他往。俟明年至上海诸处时，

---

① 指上海立达学园，1926年夏丏尊、丰子恺等人创办。

② 此处原件有卷轴状小图。

③ 温州著名居士，印光法师弟子。

再与仁者及丏翁[1]等，商量筑室之事。现在似可缓议也。

△近病痢数日，已愈十之七八。惟胃肠衰弱，尚须缓缓调理，仍终日卧床耳。然不久必愈，乞勿悬念。承询需用，现在朽人零用之费，拟乞惠寄十元。又庆福寺贴补之费（今年五个月），约二十元（此款再迟两个月寄来亦不妨）。此款请旧友分任之。至于明年如何，俟后再酌。

△承李居士寄来《梵网经》、万钧氏书札，皆收到。谢谢。

病起无力，草草复此。其余俟后再陈。

（1929年）八月十四日　演音上

3

子恺居士慧览：

今日午前挂号寄上一函及画稿一包，想已收到？顷又做成白话诗数首，写录于左（下）：

（一）倘使羊识字

倘使羊识字，泪珠落如雨。
口虽不能言，心中暗叫苦！

因前配之古诗，不贴切。故今改做。

（二）残废的美

好花经摧折，曾无几日香。
憔悴剩残姿，明朝弃道旁。

① 即夏丏尊。

（三）喜庆的代价

喜气溢门楣，如何惨杀戮。

唯欲家人欢，哪管畜生哭！

原配一诗，专指庆寿而言，此则指喜事而言。故拟与原诗并存。共二首。或者仅用此一首，而将旧选者删去。因旧选者其意虽佳，而诗笔殊拙笨也。

（四）原题为“悬梁”

日暖春风和，策杖游郊园。

双鸭泛清波，群鱼戏碧川。

为念世途险，欢乐何足言！

明朝落网罟，系颈陈市廛。

思彼刀砧苦，不觉悲泪潸。

案此原画，意味太简单，拟乞重画一幅。题名曰“今日与明朝”。将诗中“双鸭泛清波，群鱼戏碧川”之景，补入。与“系颈陈市廛”相对照，共为一幅。则今日欢乐与明朝悲惨相对照，似较有意味。此虽是陈腐之老套头，今亦不妨采用也。俟画就时，乞与其他之画稿同时寄下。

再者：画稿中《母之羽》一幅，虽有意味，但画法似未能完全表明其意，终觉美中不足。倘仁者能再画一幅，较此为优者，则更善矣。如未能者，仍用此幅亦可。

前所编之画集次序，犹多未安之处。俟将来暇时，仍拟略为更动，俾臻完善。

演音上　（1929 年）八月廿二日

此函写就将发，又得李居士书。彼谓画集出版后，拟赠送日本各处。朽意以为若赠送日本各处者，则此画集更须大加整顿。非再需半年以上之力，不能编纂完美。否则恐贻笑邻邦，殊未可也。但李居士急欲出版，有迫不及待之势。朽意以为如仅赠送国内之人阅览，则现在所编辑者，可以用得。若欲赠送日本各处，非再画十数叶，重新编辑不可。此事乞与李居士酌之。

再者，前画之《修罗》一幅（即已经删去者），现在朽人思维，此画甚佳，不忍割爱，拟仍旧选入。与前画之《肉》一幅，接连编入。其标题，则谓为“修罗一”“修罗二”。（即以《肉》为《修罗一》，以原题《修罗》者为《修罗二》。）再将《失足》一幅删去。全集仍旧共计二十四幅。

附呈两纸，乞仁者阅览后，于便中面交李居士。稍迟亦无妨也。

廿三晨

4

子恺居士：

新作四首，写录奉览：

凄音

小鸟在樊笼，悲鸣音惨凄。
恻恻断肠语，哀哀乞命词。
向人说困苦，可怜人不知。
犹谓是欢娱，娱情尽日啼。

农夫与乳母

忆昔襁褓时，尝啜老牛乳。
年长食稻粱，赖尔耕作苦。
念此养育恩，何忍相忘汝！
西方之学者，倡人道主义。
不啖老牛肉，淡泊乐素食。
卓哉此美风，可以昭百世！

！！！

麟为仁兽，灵气所钟。

不践生草，不履生虫。

繄吾人类，应知其义。

举足下足，常须留意。

既勿故杀，亦勿误伤。

去我慈心，存我天良。

附注：儿时读《毛诗·麟趾章》，注云："麟为仁兽，不践生草，不履生虫。"余讽其文，深为感叹。四十年来，未尝忘怀。今撰护生诗歌，引述其义，后之览者，幸共知所警惕焉。

我的腿（旧配之诗，移入《修罗二》）

我的腿，善行走。

将来不免入汝手，

盐渍油烹佐春酒。

我欲乞哀怜，

不能作人言。

愿汝体恤猪命苦，

勿再杀戮与熬煎！

画集中《倒悬》一幅，拟乞改画。依原配之诗上二句，而作景物画一幅（即是"秋来霜露……芥有孙"之二句）。画题亦须改易，因原画之趣味，已数见不鲜，未能出色；不如改作为景物画较优美有意味也。再者《刑场》与《平等》二幅，或可删，亦可留，乞仁者酌之。

论月　（1929年）八月廿四日

5

子恺居士慧览：

将来排列之次序，大约是：

（一）《夫妇》；（二）《芦菔生儿芥有孙》之画（案：芦菔俗称萝卜）；（三）《沉溺》；（四）《凄音》等。中间数幅，较前所定者，稍有变动。至《农夫与乳母》以下，悉仍旧也。

再者，《芦菔生儿芥有孙》之画，乞仅依“秋来霜露满东园，芦菔生儿芥有孙”二句之意画之。至末句中鸡豚，乞勿画入。

以前数次寄与仁者之信函，乞作画或改题者，兹再汇记如下：

△增画者《忏悔》《平和之歌》，共二幅。

△改画者《芦菔生儿芥有孙》之画（旧题为《倒悬》，今乞改题）、《今日与明朝》（旧题为《悬梁》）、《母之羽》，共三幅。

△修改画题者《沉溺》（原作《溺》）、《凄音》（原作《囚徒之歌》）、《诱惑》（原作《诱杀》）、《修罗一》（原作《肉》）、《修罗二》（原作《修罗》），共五处。

以上所写，倘有未明了处，乞检阅前数函即知。

（1929 年）八月廿六日　演音上

今年夏间，由嘉兴蔡居士[1]寄玻璃版印《华严经》二册致尊处（江湾），想早已收到（当时仁者在乡里），前函未提及，故再奉询。

6

子恺居士：

前日已至白马湖。承张居士代表招待一切，至用感慰。兹有四事，奉托

---

① 即蔡丏因，名冠洛，浙江诸暨人，后居桐乡濮院。历任绍兴、丽水、嘉兴各地中学教员，晚年任上海世界书局总编辑。1926 年弘一法师完成《华严经十回向品・初回向章》写经，交蔡丏因刊印，并嘱其题签。

如下：

一、乞画澄照律祖像一幅。别奉样式一纸，乞检阅。此像在《续藏经》中，今依彼原稿，略为缩小。如别纸中朱笔所画轮廓为限。如以原稿太繁密者，乞仁者以己意稍为简略。但仍以工笔细线画之为宜。画纸乞用拷碑纸，因将刻木板也。此画像，能于旧历九月中旬随夏居士[①]返家之便带下，为感。

二、前存尊处之马一浮居士图章一包，乞于便中托人带至杭州，交还马居士。但此事迟早不妨，虽迟至数月之后亦可。马居士寓杭州联桥及弼教坊之间，延定巷旧第五号（或第四第六号）门牌内。

三、福建苏居士[②]，今春在鼓山定印《华严疏论纂要》多部。（此书系康熙古版，外间罕有流传。每部大约六十册，实费二十元。）拟以十二部分赠与日本各宗教大学及图书馆等，托内山书店代为分配及转寄。又以二部赠与上海功德林流通。附写信二纸，乞于便中转交内山书店及功德林佛经流通处为感。

四、有人以五元托仁者向功德林代请购下记之书:《华严处会感应缘起传》一册。其余之资，皆请购（功德林藏版）《地藏菩萨本愿经》若干册及其邮费。此书代为邮寄"温州大南门外庆福寺因弘法师收"，无须挂号。此款乞暂为垫付，俟他日托夏居士带奉。

种种费神，感谢无尽！惟净法师偕来，诸事甚为妥善。秋后朽人或云游他方，仍拟请惟净法师在晚晴山房居住，管理物件及照料一切。彼亦有愿久住山房之意。闻仁者近就开明编辑之事，想甚冗忙，如少闲暇，九月中旬可以不来白马湖。俟他时朽人至上海，仍可晤谈也。俗礼幸勿拘泥，为祷。不具。

（1929 年）旧八月廿九日　演音疏

---

① 即夏丏尊。夏丏尊是浙江上虞人，白马湖在上虞。

② 即苏慧纯。苏慧纯是福建晋江人，1929 年同弘一法师自泉州赴温州，途经福州时游鼓山，发现清初刊本《华严疏论纂要》。

7

子恺居士：

前复信片，想达慧览。尚有白话诗二首，亦已作就，附写如下：

《母之羽》：雏儿依残羽，殷殷恋慈母。母亡儿不知，犹复相环守。念此亲爱情，能勿凄心否？

（此下有小注，即述蝙蝠之事云云。俟后参考原文，再编述。）

《平和之歌》：昔日互残杀，今朝共舞歌。一家庆安乐，大地颂平和。

（附短跋云：李、丰二居士，发愿流布《护生画集》。盖以艺术作方便，人道主义为宗趣。虽曰导俗，亦有可观者焉。每画一页，附白话诗，选录古德者□首，余皆“贤瓶道人”[①]补题。纂修既成，请余为之书写，并略记其梗概。）

新作之诗共十六首，皆已完成。但所作之诗，就艺术上而论，颇有遗憾。一以说明画中之意，言之太尽，无有含蓄，不留耐人寻味之余地。一以其文义浅薄鄙俗，无高尚玄妙之致。就此二种而论，实为缺点。但为导俗，令人易解，则亦不得不尔。然终不能登大雅之堂也。

画稿之中，其画幅大小，须相称合。如《！！！》一幅，似太大。《母之羽》一幅，似稍小。仁者能再改画，为宜。虽将来摄影之时，可以随意缩小放大，但终不如现在即配合适宜，俾免将来费事。且于朽人配写文字时，亦甚蒙其便利也。

附二纸，为致李居士者。乞仁者先阅览一过，便中面交与李居士，稍迟未妨也。

（1929年）九月初四日　演音上

① 此为弘一法师笔名。

8

子恺居士：

昨晚获诵惠书，欣悉一一。兹复如下：

△续画之画稿，拟乞至明年旧历三月底为止。（因温州春寒殊甚，未能执笔书写，须俟四月天暖之后，乃能动笔。）由此时致明春三月，乞仁者随意作画，多少不拘。朽人深知此事不能限期求速就（写字作文等亦然）。若兴到落笔，乃有佳作。所谓“妙手偶得之”也。至三月底即截止。由朽人用心书写，大约五月间，可以竣事。仁者新作之画，乞随时络续寄下。（又以前已选入之画稿及未选入者，并乞附入，便中寄下。）即由朽人选择。其选入者，并即补题诗句。

△白居易诗，“香饵”云云二句，系以鱼喻彼自己，或讽世人，非是护生之意。其义寄托遥深，非浅学所能解。乞勿用此诗作画。

△研究《起信论》，译佛教与科学之事，暂停无妨。礼拜念佛功课未尝间断，戒酒已一年，至堪欢喜赞叹。近来仁者诸事顺遂，实为仁者专诚礼拜念佛所致。念佛一声，能消无量罪，能获无量福。惟在于用心之诚恳恭敬与否，不专在于形式上之多少也。

△网篮迟致年假时带去，无妨。

△珂罗版《华严经》，乞赠李圆净居士一册。

△以后作画，无须忙迫。至画幅之多少，亦不必预计。如是乃有佳作。

△倘他日集中画幅再增多之时，则已删去之画，如《倒悬》《众生》（又名《上法场》）等，或仍可配合选入，俟他日再详酌。

△许居士如愿出家，当为设法。

△明年大约仍可居住庆福寺。因公园以筹款不足，停止进行，故尚安静可住。承诸友人赠送之资，至为感谢。此次寄来之廿元，拟留充明年自己之零用。至于明年，尚需贴补寺中全年食费约六十元。又于地藏殿装玻璃门，及《续藏经》书柜之木架等费，朽人拟赠与寺中三十元。共计九十元。倘他日有友人送款资至仁者之处，乞为存积。俟今年阴历年底，朽人再斟酌情形。倘需

用此款者，当致函奉闻，请仁者于明年春间便中汇下。此事须今年年底酌定，故所有款资，拟先存仁者之处，乞勿汇下。

△明年朽人能于秋间至上海否？难以预定。或不能来，亦未可知。因近来拟息心用功，专修净业，恐出外云游，心中浮动，有碍用功也。统俟明年再为酌定。

△明年与后年，两年之中，拟暂维持现状。至于夏居士所云建造房舍之事，俟辛未年，再行斟酌。

草草奉复。不具。

（1929 年）九月十二日　演音上

再者，以后惠函，信面之上，乞勿写和尚二字。因俗例，须本寺住持，乃称和尚。朽人今居客位，以称大师或法师为宜。

再者，愚夫愚妇及旧派之士农工商，所欢喜阅览者，为此派之画。但此派之画，须另请人画之。仁者及朽人，皆于此道外行。今所编之《护生画集》，专为新派有高等小学以上毕业程度之人阅览为主。彼愚夫等，虽阅之，亦仅能得极少分之利益，断不能赞美也。故关于愚夫等之顾虑，可以撇开。若必欲令愚夫等大得利益，只可再另编画集一部，专为此种人阅览，乃合宜也。

今此画集编辑之宗旨，前已与李居士陈说。第一，专为新派智识阶级之人（即高小毕业以上之程度）阅览。致他种人，只能随分获其少益。第二，专为不信佛法、不喜阅佛书之人阅览。（现在戒杀放生之书出版者甚多，彼有善根者，久已能阅其书，而奉行惟谨。不必需此画集也。）近来戒杀之书虽多，但适于以上二种人之阅览者，则殊为希有。故此画集，不得不编印行世。能使阅者爱慕其画法崭新，研玩不释手，自然能于戒杀放生之事，种植善根也。鄙意如此，未审当否，乞仁等酌之。又白。

9

圆净、子恺居士同鉴：

朽人现拟移居。以后寄信件等，乞写“温州麻行门外江心寺弘一收”为宜，希勿再用“论月”二字，因名字歧异，邮局时生疑议，以专用弘一之名为妥也。

江心寺交通不便，凡有信件，皆寄存城内某店，俟有人入城买物时带来。（由岸至江心寺，须乘船过江，甚为不便。）其寄出之信件，亦须俟有便人，乃可付邮。以是之故，如由上海寄来之信，大约须迟至一个月左右，乃能得回信，甚为迟缓。且因辗转传递，或亦不免遗失也。此事诸乞亮察，为祷！

子恺新作之画稿，并旧画稿全份，乞合并聚集为一包，统于明年旧历三月底寄下，为要！不须络续而寄。又寄时，必须双挂号。至于朽人将白话诗题就，并书写完毕，即连马序[①]及《护生痛言》，共为一包，大约于旧历五月，可以寄上。当由朽人亲身携往邮政总局，双挂号寄上，决不致有错误。

依上所陈者，为尊处寄新旧画稿来时，亦仅一次。又朽人寄出者，亦仅一次。如是较为清楚。

又朽人在江心寺，系方便闭关。一概僧俗诸师友，皆不晤谈。又各地常时通信之处，亦已大半写明信片，通告一切：谓以后两年三个月之内，若有来信，未能答复。又写字、作文等事，皆未能应命云云。自是以后，无十分重大之要事，决不出门。惟明夏寄上画稿时，拟出外一次耳。草草书此，不具一一。

（1929 年）九月廿四日　演音上

以后各种写件，皆拟暂停（如封面等皆不书写）。因邮寄太费周折，又恐遗失，反令他人悬念，故不如一律不写之为愈也。

再者，由他处寄至江心寺之函件，须存放某豆腐店，待工人等买豆腐时领取。豆腐店中人等及工人等，皆知识简单，少分别心。虽有双挂号之函件，彼等亦漠然视之，不加注意。以是之故，虽双挂号，或亦不免遗失。因邮局之责任，仅送至豆腐店为止，以后即不管也。朽人之意，以为旧上海艺术师范毕业生，有二三人在第十中学任教务。拟请子恺居士于明春二月间，询问是否确实（问吴梦非[②]便知）。倘果有其人者，先致函询彼。拟将画稿寄至第十中学，交他手收，令彼亲身送至江心寺，可否？彼如允许，再将画稿双挂

① 即马一浮所作序。
② 中国美学界奠基人之一，曾与丰子恺等创办上海艺术专科师范学校。

号寄去。总之，此事甚须注意，乞仁等详酌之。（周孟由居士体弱多病，惟在家念佛，不常出外，性情弛缓，诸事不愿与闻。此事万万不可托彼转交，恐反致遗误延缓也。）

10

丐尊、子恺居士同览：

前日寄奉一函，想已收到。至白马湖后，承夏宅及诸居士辅助一切，甚为感谢。前者仁等来函，曾云山房若住三人，其经费亦可足用云云。朽人因思，现在即迎请弘祥师来此同住。以后朽人每年在外恒勾留数月，则山房之中居住者有时三人，有时二人，其经费当可十分足用也。仁等于旧历九月月望以后（即阳历十月十七八日以后），来白马湖时，拟请由上海绕道杭州，代朽人迎请弘祥师[1]，偕同由绍兴来白马湖。弘祥师之行李，乞仁等代为照料。致用感谢。

迎请弘祥师时，其应注意者，如下数则：

（一）仁等往杭州时，宜乘上午火车致闸口，即致闸口虎跑寺，访弘祥师。仁等即可居住虎跑寺一宿。次晨，偕同过江，往绍兴。所以欲仁等正午到杭州者，因可令弘祥师于下午收拾行李，俾次晨即可动身。

（二）仁等晤弘祥师时，乞云"今代表弘一师迎请弘祥师往他处闭关用功。其地甚为幽静，诸事无虑，护法之人甚多；但不是寺院，亦不能供养多人。仅能请弘祥师一人，往彼处居住。倘有他位法师欲偕往者，一概谢绝。即请弘祥师收拾行李。所有物件，皆可带去。明晨，即一同动身"云云。

（三）弘祥师倘问其地在何处，仁等可答云："现在无须问，明日到时便知。"其余凡有所问，皆不必明答。朽人之意，不欲向他僧众传扬此事。因恐他僧众倘有来白马湖访问者，招待对付之事甚为困难，故不欲发表住处之地址也。

---

① 李叔同在杭州虎跑寺出家时的师兄，浙江衢州人。

（四）并乞仁等告知弘祥师云：“此次动身他往，不必告知弘伞师[①]。”恐弘伞师挽留，反多周折也。

（五）朽人自昔以来，凡信佛法、出家、拜师傅等，皆弘祥师为之指导一切，受恩甚深，无以为报。今由仁等发起建此山房，故欲迎养，聊报恩德于万一也。弘祥师所有钱财无多，其由闸口致白马湖种种费用，皆乞仁等惠施，感同身受。

（六）朽人有谢客启，附奉上一纸，托弘祥师代送虎跑库房，令众传观。以上所陈诸琐碎事，皆乞鉴察。种种费神，感谢无尽！再者，朽人于今者，已与苏居士约定，于晚秋冬初之时，往福建一行。故拟于阳历九月底，即往上海，或小住数日，或即乘船而行。并乞仁等便中代为询问太古公司往厦门及往福州之轮船，其开行之时间，是否有一定之规例。（如宁波船决定五时开，长江船决定半夜开之例。此所询问者，为时间，因日期可阅报纸也。）琐陈草草，不宣。

（1929 年）十月三日　演音上

① 俗名程中和，安徽安庆人。李叔同在杭州虎跑寺出家时的师弟，后任虎跑寺住持。

马一浮　5通

马一浮（1883—1967），现代思想家、诗人和书法家。与李叔同一样，马一浮是丰子恺精神与创作上的导师。

1

见示弘一师《南山律在家备览》样本，属为作序。今年奇热，为向来所未有，无日不病暑，实无气力为文。今避重就轻为题书端数字，亦太拙劣，不可用。执笔汗流，恕不多及。

浮顿首白子恺大德左右

（1941年）八月廿五日

2

子恺仁兄左右：

昨日虎跑书集，良为胜缘。雨中劳女公子扶掖，临别未及言谢，心滋不安。苏庵[①]谓此会不可无诗，归后即成一律，浮久废笔砚，因亦继和，别纸录呈。且喜仁者功德成就。苏庵于弘一师皈仰至勤，浮赞叹有分，但古典篇章已成绝响，鄙什幸勿示人也。晨起见雪，草草作此，顺颂安隐不具。

浮和南　癸巳（1953年）腊月七日

① 即蒋国榜，字苏庵，1947年始从学于马一浮，1950年起迎马一浮于西湖边的别业蒋庄居住。

3

子恺尊兄左右：

承寄《光明日报》副刊及吴湖帆[①]《佞宋词痕》，深荷雅爱。《光明》从新历七月一日起已定购一份，即请停寄，其前此寄示者，亦不复奉还。吴君处遇便亦请代致谢意。苦雨经月，始见晴光，尊体想益健爽，盛夏气候犹清和，亦特异也。前雨中偶以退笔作书遣闷，今附奉一幅聊博一粲。率白，诸唯珍卫，不宣。

浮白　（1954 年）旧历五月晦

4

子恺仁兄先生道席：

昨公纯[②]持示手书并广洽师来讯，始知公纯谋印拙书，致劳仁者与广洽师往复商略，深感不安。衰年唯希省事，不欲扰人。矧拙书了无艺术价值，何足邀人鉴赏？故本无流布之意。公纯初未见告，辄欲为我宣传，未免好事之过。非特今时印刷困难，且欲烦广洽师醵资海外，尤非所宜。春蚓秋蛇，岂足比数？何可使人出资为此无益之事？已嘱公纯将此意彻底取消，勿再饶舌。君子爱人以德，请即置而不论可矣。双目近瞽，强自作书奉达，唯照不宣。

浮白　（1961 年）五月十九日

5

子恺仁兄先生：

十五日惠书至，适又值卧病，未能即复为歉。见示广洽师来函，具见雅意，

① 画家，书画鉴定家，著有《佞宋词痕》，与马一浮、丰子恺同为西泠印社社员。
② 即刘锡嘏，字公纯，马一浮学生。

日前承其惠药，本宜致谢，今兄此书，因并答之。拙复及洽师原函并附上拙复，欲请俟与洽师通讯时附致之。病目更不能写外文封面也，鄙意已略具答洽师书中，恕不赘。病起瞑目作此，真成空中写迹。方暑，唯珍卫不尽。

浮白　（1961 年）六月廿二日

前承惠《护生画集》已嘱公纯代为函谢，并及。

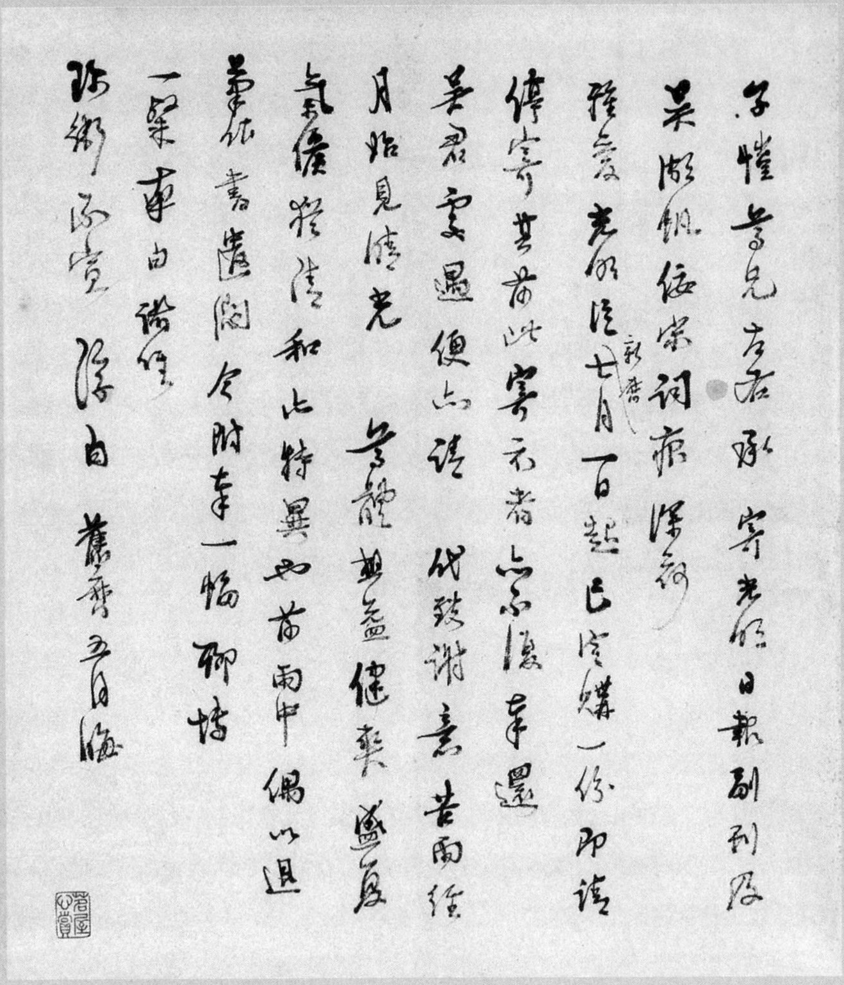

一九五四年旧历五月晦马一浮致丰子恺

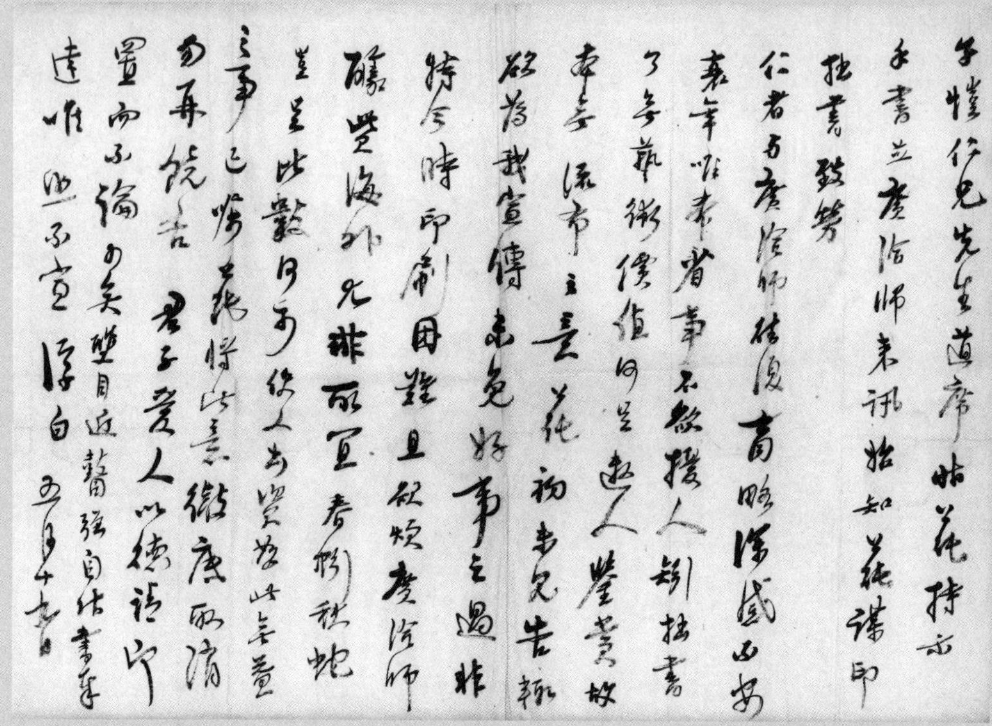

一九六一年五月十九日马一浮致丰子恺

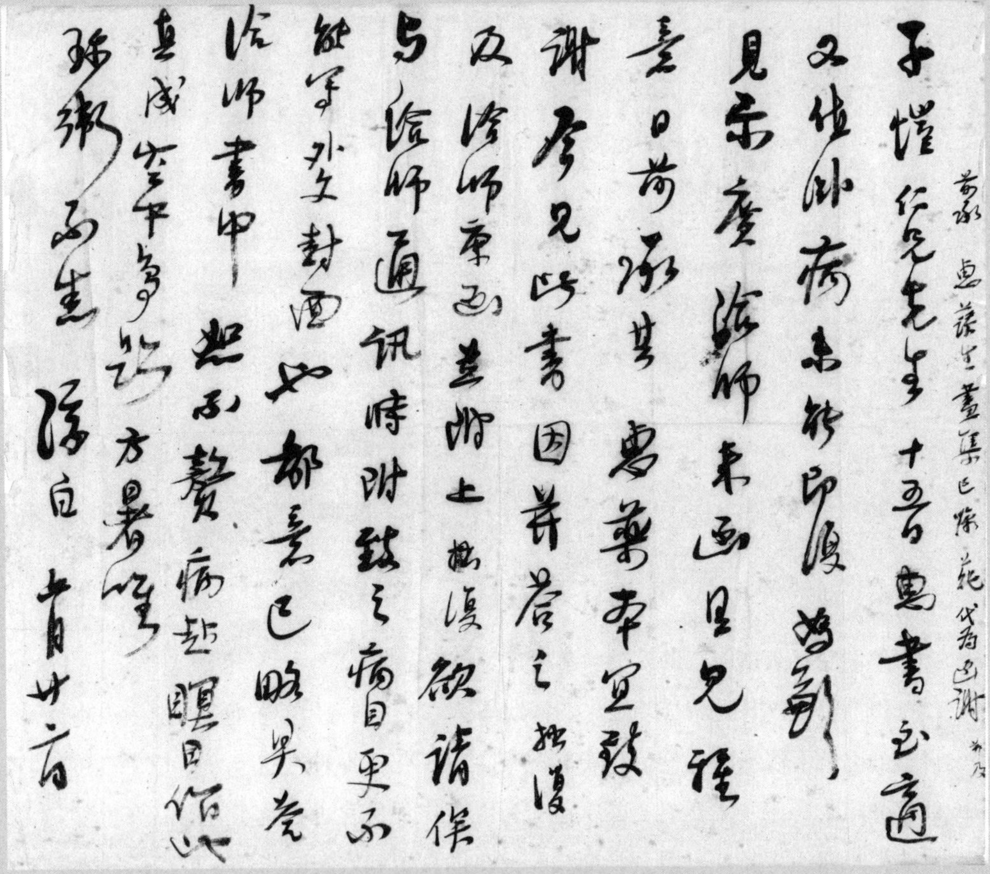

一九六一年六月廿二日马一浮致丰子恺

内山嘉吉（内山真野附） 2通

内山嘉吉（1900—1984）为内山完造（1885—1959）的弟弟，他在1935年时在东京创立内山书店，向日本友人介绍中国的新文化。内山真野为内山完造的第二任妻子。

1

丰子恺先生：

感谢您不久前寄来的贺信，恭祝您健康如意！

以前听说您想要竹久梦二①的初期画集，现今它变得像古董品一样，很难买到，抱歉不能帮您如愿。这种状况现在也没变，不过之前十一日起在三越百货总店久违地（大概有十年）有个竹久梦二展，我也去看了，展品多为梦二虚无时期的作品，没看到初期描绘健康的孩子和农夫的作品。但商店的画册集里有一些初期的作品，所以我买下寄给您，愿您能回味到梦二的画集《春》《夏》《秋》《冬》②等的那个时代。

这让我想起了少年时代，明治末期至大正初期，我也被梦二画的孩子的魅力所吸引，从朋友那里借来《少年世界》③，里面有梦二绘制的小插画（带框的单幅小画）。

在一九五九年秋完造葬礼时听闻先生喜欢梦二早期的画，那时我说过，

---

① 日本著名画家。丰子恺曾赴日本留学，深受其影响，回国后仍托朋友购买其画册。

② 指《梦二画集·春之卷》《梦二画集·夏之卷》《梦二画集·秋之卷》《梦二画集·冬之卷》，是竹久梦二的代表作。

③ 日本的儿童杂志，1895年创刊。竹久梦二曾在《少年世界》等多部儿童文学刊物中画插画。

我在先生的画里发现与梦二年轻时候画的健康的孩子的画相似的风格。还有，先生画中百姓的样子里能看到当时中国人民所处的状态，我仿佛觉得梦二那时候给《平民新闻》画的插画里也能看到日本百姓的样子。

如今的中国社会与生活已经与那时完全不一样了，我首先表示敬佩，也很期待先生用您的画风来表现：今天光明的社会以及建设出这种社会的现代中国人民勤劳努力的样子。

愿您身体健康、创作顺利！

一九七五年二月二十二日报　内山嘉吉

追伸

今年是东京内山书店创立四十周年，同时也是已故完造生诞九十周年。在完造的精神下诞生的内山书店，一直致力于把浸透在日本民众中的努力传承下去。我们今后要把继承完造精神的内山书店继续经营好。

如果您能给我们一些意见，我们将不甚感激。

内山书店的继承者内山篱（三男）正在勤奋学习，每年都去广州交易会，做了很多努力。愚妻松藻也都好，每天在书店销售部工作。

还有您送的一些国际书籍，感谢这莫大的支持。

我们将立足完造精神，期待可以为稳固和扩大子子孙孙万代友好尽微薄之力，就此搁笔。

2

丰一吟女史：

此次很荣幸受邀参加鲁迅先生诞辰一百年纪念典礼，十分感谢！除在上海的纪念仪式时受到热情款待之外，我还去瞻仰了鲁迅先生之墓，并时隔23年去了内山墓[①]，特此表达谢意。逗留期间没能见您一面，甚感遗憾。

---

① 内山完造1959年于北京逝世，葬于上海万国公墓。

内山有一位老朋友在北京，是阳翰笙先生，也时不时生病，我有点担心。在上海的丰先生送了我松与梅的画，内山要是在世该有多高兴啊，现今这幅画也挂在内山的照片旁边。谢谢您送的一双好看拖鞋，放在内山书店的一处，真不好意思。请原谅我没能去拜访，我也想见巴金先生，但憾闻先生去了外国。

我不太习惯旅行，十分疲倦，回国翌日就病倒了，医生每天给我打针，现在才终于可以起身，所以写信致谢也迟了，十分抱歉，请多原谅！

这季节请多注意身体，非常感谢您的热情款待，此次中国之旅的喜悦我将终身难忘。

（1981 年）十月十五日内山真野

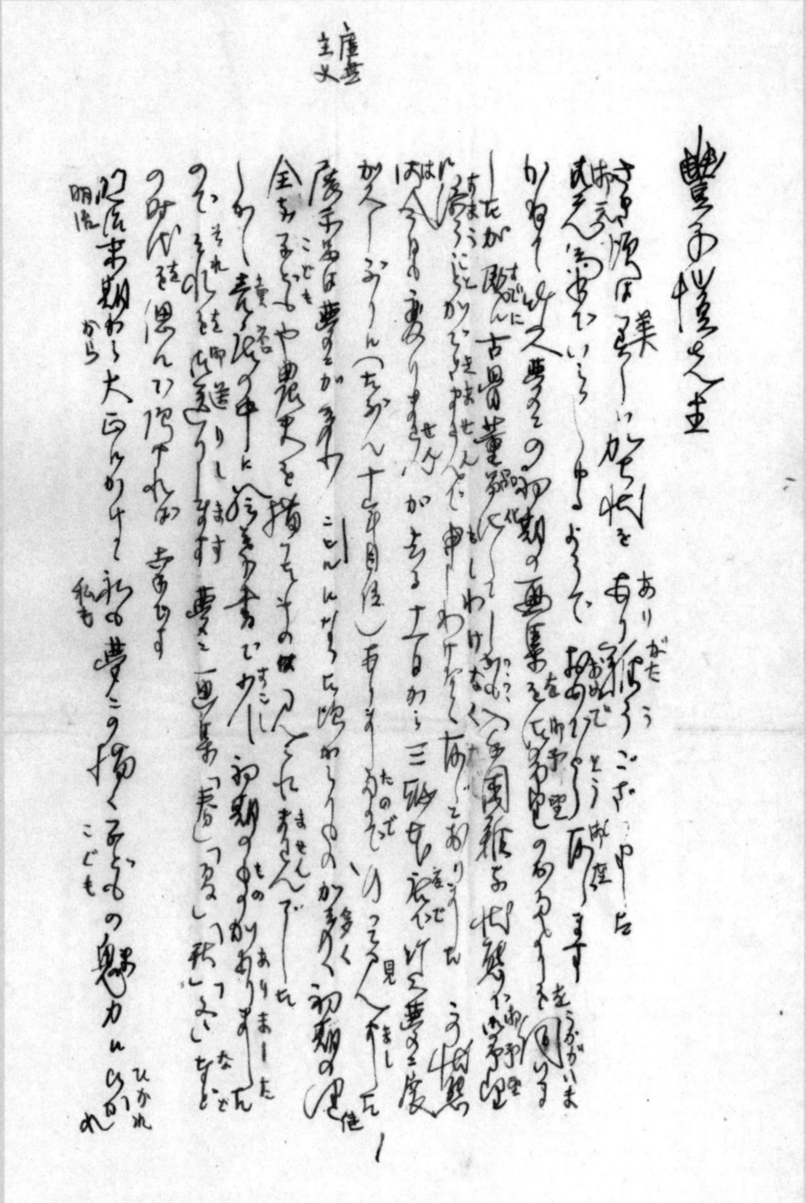

一九七五年二月二十二日内山嘉吉致丰子恺（一）

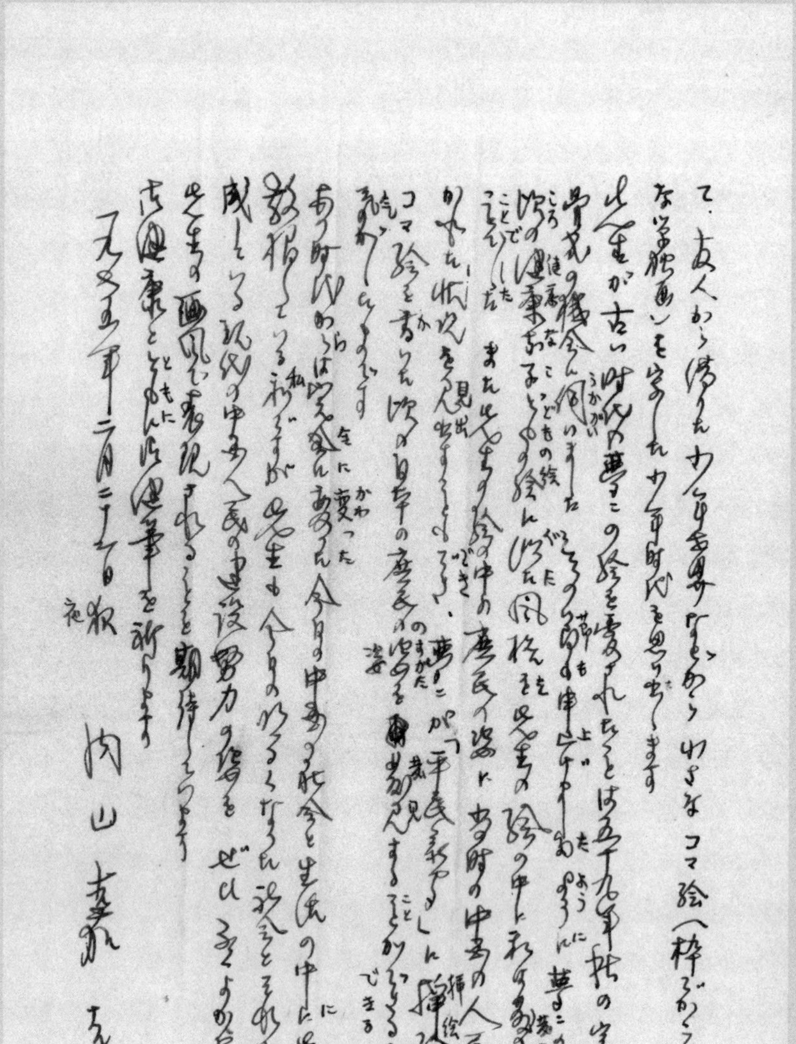

一九七五年二月二十二日内山嘉吉致丰子恺（二）

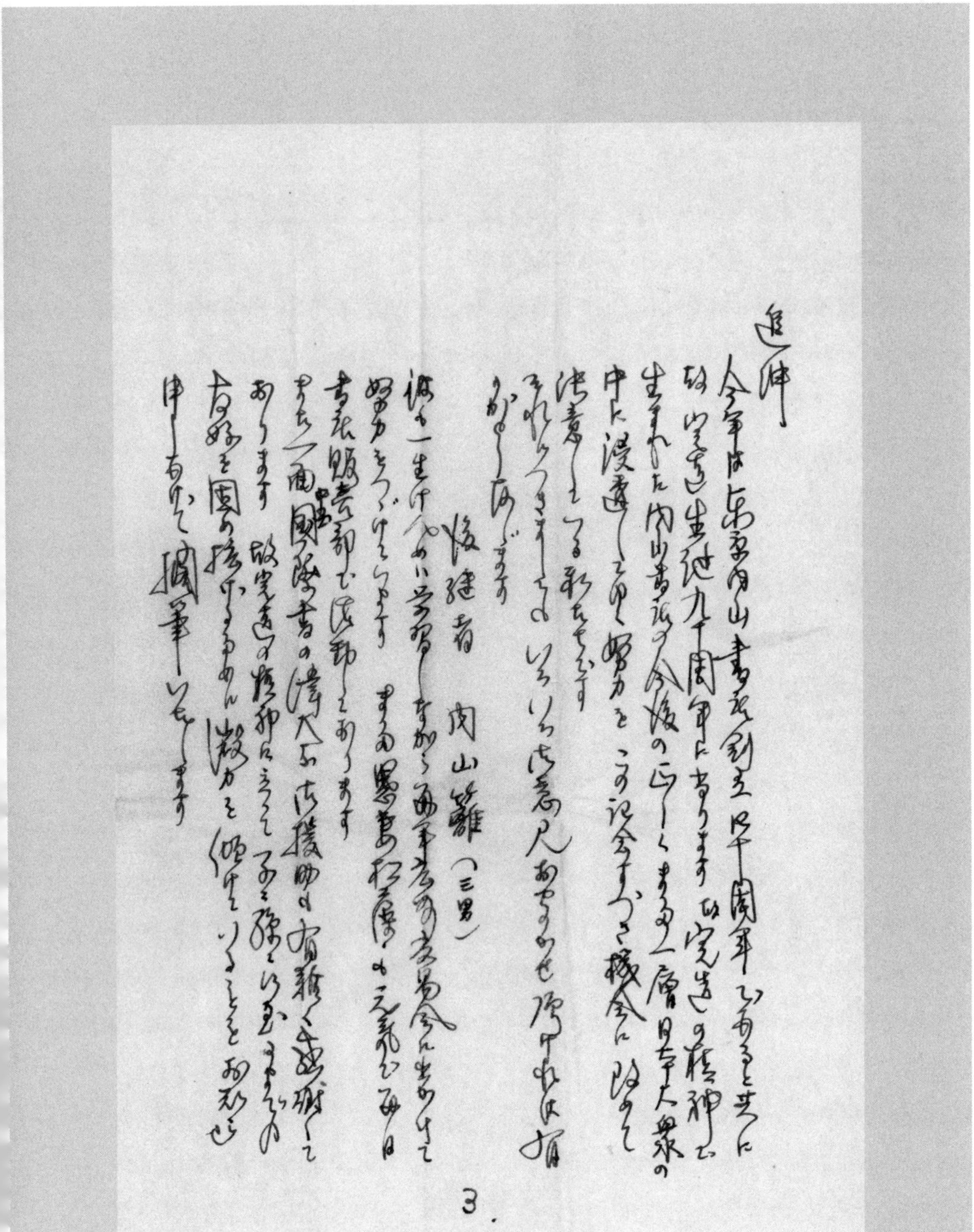
追伸

今年は上海内山書店創立六十周年にあたると共に
故魯迅先生九十周年に当ります　故魯迅先生の精神で
生まれた内山書店の今後の正しくますます一層日中人民大衆の
中に浸透して更に努力をこの記念すべき機会に改めて
決意している所存でございます
これからもますますのご指導ご鞭撻の程御願い申し上げ
お願い致します

後継者　内山籬（三男）

彼は一生けんめいに勉強しながら毎年広州交易会に出かけて
努力をつづけております　ますます魯迅著作の翻訳に日日
書店販売部で従事しております
また中国学者の諸先生方の援助を有難く感謝して
おります　故魯迅先生の精神にそって子と孫につたえての
日中友好を固める様中国の為に微力を仰せていることを…
申し添えて擱筆いたします

3.

一九七五年二月二十二日内山嘉吉致丰子恺（三）

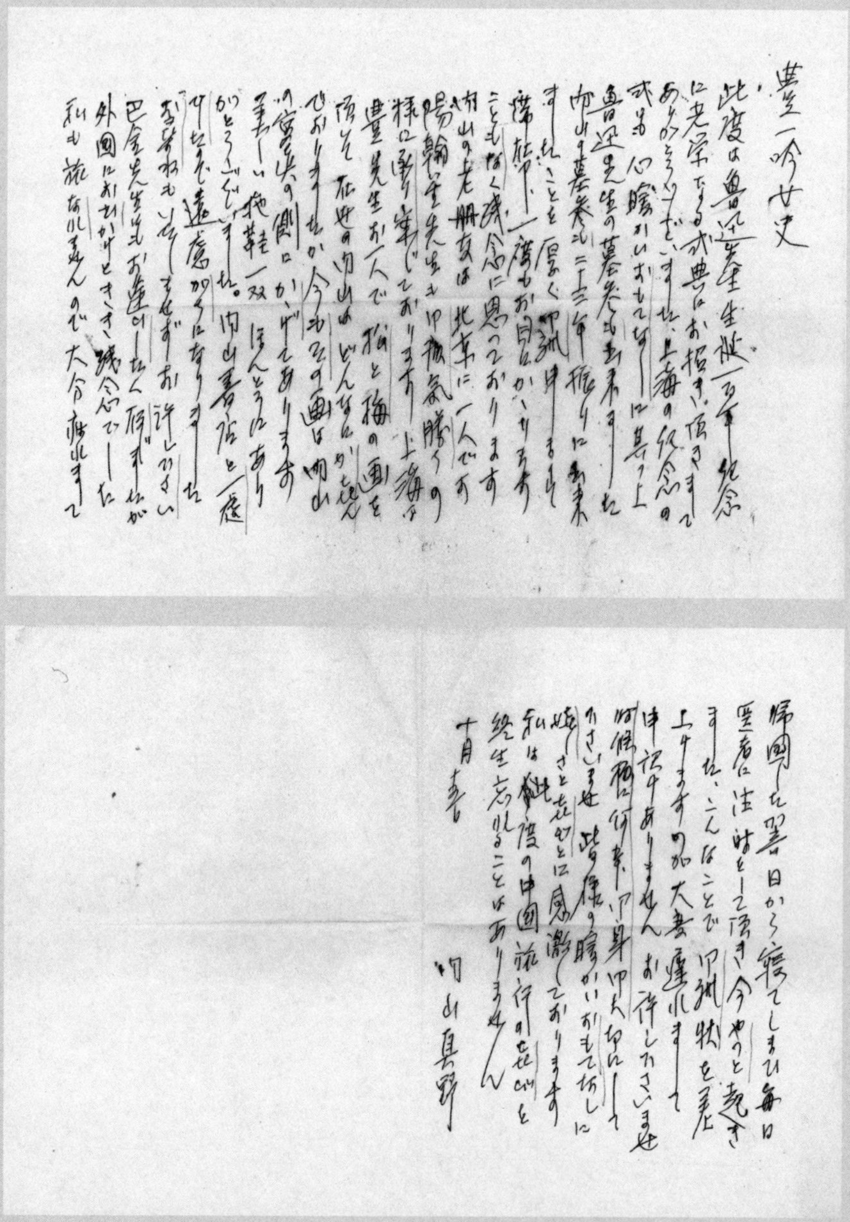
豊一吟女史

此度は魯迅先生誕生百年紀念
に光栄なる式典にお招き頂きまして
ありがとうございました。上海の紀念の
式典で心暖かいおもてなしに甚く上
魯迅先生の墓参も出来ました
内山の墓参にも二十三年振りに出来
ましたことを厚く御礼申し上げます
滞杭中、一度もお目にかかれず
こともなく残念に思っております
内山の老朋友は北京に一人です
陽翰笙先生は御病気勝ちの
様に案じております 上海で
豊先生お一人で猫と梅の画を
頂き在世の内山はどんなにか喜ん
でおりますでしょうか 今も其の画は内山
の写真の側にかかげてあります
美しい布鞋一双 ほんとうにあり
がとうございました。内山書店と一緒
だけで遠慮がちになりました
お尋ねもいたしませずお許し下さい
巴金先生にもお逢い出来ればと存じましたが
外国にお出かけときき残念でした
私も旅なれませんので大分疲れまして

帰国した翌日から寝てしまい毎日
医者に注射をして頂き今やっと起き
ました。こんなことで御礼状を差
上げますのが大変遅れまして
申訳ありません お許し下さいませ
御家族様に何卒、御身御大切にして
下さいませ 皆様の暖かいおもてなしに
嬉しさと喜びとに感激しております
私は此度の中国旅行の喜びを
終生忘れることはありません

十月十五日

内山真野

一九八一年十月十五日内山真野致丰一吟

夏丏尊　2通

夏丏尊（1886—1946），文学家、语文学家。先后任教于浙江第一师范学校、湖南第一师范学校、上虞春晖中学、上海暨南大学。丰子恺就读于浙江第一师范学校时，李叔同是图画和音乐老师，夏丏尊是舍监和国文老师，他们都是深刻影响丰子恺的精神导师，丰子恺的文学根基就来源于夏丏尊。

1

子恺：

去秋屡承寄画相慰，及后闻石湾恶消息[①]，辄为怅惘。无可为君慰者，唯取《几人相忆在江楼》横幅张之寓壁，日夕观览，聊寄遐想，默祷平安而已。仆丧魄落胆者数月，近已略转平静，一切都无从说起，凡事以“度死日”之态度处之。弘一师过沪时，曾留一影，检寄一纸，借资供养。（师最近通讯处：泉州承天寺。）斯影摄于大场陷落前后，当时上海四郊空爆最亟，师面上犹留笑影，然须发已较前白矣。不一，祝安吉。

丏尊

三月十日（廿七〔1938〕年，子恺注）

---

① 指 1937 年末位于桐乡石门的缘缘堂被日军炸毁。

2

子恺：

十月廿六日发航空函，收到已一星期。牵于校课，今日始写复信，劳盼望矣。关于绘画拙见，蕴藏已久，前函乘兴漫说，蒙采纳，甚快。委购画帖，便当至坊间一走，购得即寄，乞稍待。

鄙意：中国人物画有两种，一是以人物为主的（如仕女，如钟进士、佛像等），一是以人物为副的（如山水画中之人物）。前者须有画题，少见有漫然作一人物者，后者只是点缀。其实二者之外，尚有第三种方式，就是背景与人物并重。此种人物，比第一种可潦草些（不必过于讲究面貌与衣褶），比第二种须工整些（眼睛不能只是一点）。第一种人物画，功夫不易，出路亦少（除仕女外，佛像三星而已）。第三种人物画，是有背景之人物，人物与背景功力相等，背景情形颇复杂，山水，竹石，房屋，树木，因了画题一切都有。大致以自然风景为最主要。由此出发，则背景与人物双方并重，将来发展为山水，为人物，都极便当。君于漫画已有素养，作风稍变（改外国画风），即可成像样之作品。暂时试以此种画为目标如何？闻画家言，"枯木竹石"，为山水画之初步，亦最难工。人物背景，似宜以"枯木竹石"为学习入手也。将来代选画帖，拟顾到此点。由漫画初改图画，纯粹人物和纯粹山水，一时恐难成就（大幅更甚），如作人物背景并重之画，虽大幅当亦不难。且出路亦大，可悬诸厅堂，不比漫画之仅能作小幅，十九以锌版印刷在书报中也。

画佛千幅，志愿殊胜。募缘启事，当代为宣传。仆愿得一地藏像。今夏读《地藏本愿经》，有感于此菩萨之慈悲，故愿设像供养（尺许小幅），迟早不妨。《续护生画集》已付印，月底可出书。

沪地尚可安居，惟物价仍高昂不已。米每石七十余元，青菜一角五至二角，肉二元余。舍下五人每月开销须三百元以上（娘姨已不用）。薪水本来无几，凑以版税，不足则借贷支撑。浙东不通如故，欲归不得。在上海也恐活不下去，只好不去想他，得过且过再说矣。烟，酒，瓶花，结习未除，三者每日约耗一元（一人）。酒每餐饮一玻璃杯，烟已吸至平常不吸之劣牌子，花瓶无一存者，以瓦茶壶插花供案头。菊花已过，水仙新起。此信即在水仙花下写者。率复，祝好。

丏尊

十一月十五日夜半（廿九〔1940〕年，子恺注）

叶圣陶　13通

叶圣陶（1894—1988），作家、教育家。叶圣陶与丰子恺是好友，曾合作出版《开明国语课本》。

1

子恺吾兄：

关于华开进[①]君调职一事，长春教育局有复信来此，今以原件呈观，不必寄还。此事且待下文，大约事成有望，而为时不会太快。

弟小游印度[②]，来去匆匆，殊无所得。回来后又值弟妻之病复起波折，虽尚无危险，安后心烦意乱矣。敬请
著安。

弟圣陶上

（1957年）一月十五日

2

一吟同志惠鉴：

通信为初次，而相识固已久。十四日来书今日接读，简略作答。我身体尚好，惟听力视力皆衰退。以视力差，阅览与书写皆减少。此外则记忆不佳，回忆往事多模糊，不能用心思，多想则影响睡眠，累日不舒服。以此之故，

① 华开进，字迟之，画家。丰子恺的学生、友人。
② 叶圣陶于1956年赴印度参加亚洲作家会议。

来书要我写回忆文字，不能承应。我以前曾作极少几首诗有关尊翁者，想在山同志[①]均已钞奉。如将来有何需要，似可附入出版品之中，借以代替特地作文。此意如何，请考虑之。匆此奉复，即问

近佳。

令堂前代为道敬候。

叶圣陶　（1978年）一月十九日下午

3

一吟同志惠鉴：

来信已诵悉。

追念尊翁的诗我一定写。现在较繁忙，请稍缓些时。我的眼力衰退不会好转了，书报都不大看，用眼镜又用放大镜，还是看不太清楚。写毛笔字或钢笔字都戴眼镜，眼与手与心三不相应，笔划齐不齐，行款直不直，全没有把握。虽然用心写，写出来不一定像样。

我常从费在山的来信中知道你和令堂的情形。请待我向令堂致恳切的问候。

问我的两个问题，我都记不清了。初次与尊翁见面，不记年月日，总之他那时候在立达任教。他是否进过开明当编辑，我说不准。我编过一部小学国语课本，插图都是他画的，初小前四册不用铅字排印，是他手写的。那时他到梧州路开明的编辑部来写来画，算不算是请进来当编辑，我说不准了。

《年表》[②]我已经有了三本了。香港不知是谁寄来两本，新加坡周颖南寄来一本。周在新加坡印年谱和诗词，封面字是我写的，写得并不好。

匆复，即问

近佳。

叶圣陶　（1979年）十月十八日

---

① 即费在山，书法家，曾在湖州王一品斋笔庄工作。

② 指丰子恺学生潘文彦编撰的《丰子恺先生年表》（1979年5月出版）。

4

一吟同志惠鉴：

本月八日手书接读。我前一信里说的，是若能像广洽法师所说一样，健康情况许可，希望参观“故居”之落成。我走几步还可以，不过总要有人在旁扶一把。最差的是耳目，听不清，看不清，非常不方便。

重修虎跑之“纪念堂”[①]，依来信看，是园林局的事。不知何以与黄源同志有关，黄特托楼适夷同志来要我写室名。此次来信中亦未提到黄，你与黄为纪念堂的事有过接触否？望告我。即问

近佳。

叶圣陶　（1979年）十二月十六日上午

5

一吟同志：

复信欣读。简略地答复几句。

令堂身体情况如此，我闻之深慰。我近年来深有体会，耳目差些也好，少看些少听些也可省些心思力气。

开明的小学课本，人民教育出版社托人在上海找，如果找得到，他们准备复制一份，留供参考。

匡达人[②]曾来看我好几次。我只知道她在上海的生物学研究所研究遗传。你去打听，一定容易打听到。

来信问起夏满子[③]，你还不知道她是我的大媳妇。我的大儿子叫至善，今年六十一岁，满子六十岁。他们生了三男一女，都结婚了。老大老四夫妇住

① 指位于杭州虎跑的李叔同纪念馆。

② 匡互生之女，生物学家。匡互生曾与丰子恺等人创办立达学园，叶圣陶也曾在立达学园授课。

③ 夏满子，夏丏尊的小女儿、叶圣陶的大儿媳、叶至善的夫人。

在我们这里，老大有两个女孩。老二夫妇住在黑龙江泰康县，都当印刷厂工人，有一个男孩。老三是女，在少年报社工作，住在附近，有一个男孩。老大原为林场工人，因工伤脊骨部，长期病假。媳妇在电子计算机厂工作。老四夫妇俩在三轮摩托车厂工作。我这里连我在内，老小九人。还有一个阿姨，在我家二十年了。

弘一法师送夏先生的字幅都由满子保存。

广洽法师热心于纪念弘一法师，我有所闻知，可是不知究竟如何。杭州市与浙江省是否同意他捐资兴建纪念塔或纪念碑。如果得到同意，真要兴建的话，我以为宜请教两位先生，一是赵朴初，二是陈从周。赵先生是佛教会会长。陈先生是同济大学教授，建筑方面的专家。我想广洽法师也是知道的。赵陈二位，我都极熟。

准备简写，一写却写得不少了，暂且止于此。

即问

近佳。

叶圣陶　一九七九年十二月廿一日

6

一吟同志惠鉴：

来书诵悉。上海重印《爱的教育》，未有赠书寄与满子，他们并不知道满子在我家，也不能怪他们。满子的侄儿在上海人民银行当高级职员，他们也不知道。承蒙足下告知此书重印，当然非常感激，但是我们不拟去信要他们赠书了，因为三联书店准备出夏先生的全部著作和翻译，已经列入计划，并且组织了少数几个人做此工作。足下闻此，谅必高兴。

令堂想安健，请代达我们对她的敬候。

我身体尚可，请勿念。

即问

近佳。

叶圣陶　（1980 年）八月一日

7

一吟同志：

对于你的注，我略作修改，务希嘱南京方面照此校改，希望仔细些，请他们连一个标点符号也不要错。

昌群先生[①]逝世的年份已记不清，只能说“数年前”了。

匆匆奉复，即问

近佳。

叶圣陶　（1980 年）九月六日夜

8

一吟同志：

来信诵悉。承问各点，我写在来信的背面奉答。这样写写，我还不觉得累。写文章就要预先想好，想的阶段最吃力，往往引起失眠，一连几天不舒服。因此我不能多写文章。请代我向尊堂致敬候。匆复，即问

近佳。

叶圣陶　（1981 年）四月十三日上午

9

一吟同志：

广洽法师要我写字，我不得不勉力写呈。今作一诗写就，请您于寄信时附去。字毫无意趣，纸是朝鲜手工制，尚佳。请您代我向广洽法师多多致意。

《源氏物语》译笔极好，如此作品用如此文章翻译最为适宜。惜我目衰，未能全观，殊以为憾。

---

① 即贺昌群，著名历史学家，1973 年病逝。

所惠照片已收入簿子中，此为极可珍贵之纪念品。

满子复书想已达览。她复书时我方以目疾住院，近已回来。目疾为左眼眼压增高，今已降到正常。惟此眼已几乎无用，惟凭右眼勉强应用耳。

请代我向令堂致意，并贺
春节多福。

叶圣陶　（1982 年）一月二十日

10

一吟同志惠鉴：

来信及画幅均收到。广洽师题目出得好，你的画足以满其意。最可喜者笔姿笔趣全似尊公，且字与画皆然，览之如见尊公新作。我有此感，想广洽师亦复如是也。

广洽师情意殷勤，前有所施赠，近又寄资百元。我却之不恭，受之深愧。去书陈辞，恳请以后勿复有所赐。你与广洽师至熟，敢请于去书中亦代为作此请求。特此恳托，不胜感祷。

敬问母夫人安。

叶圣陶　（1982 年）四月卅日

11

一吟同志：

前承寄我《促膝谈心图》，今广洽法师又以其所得之一幅摄影相赠，因题《浣溪沙》一阕。今书一份奉酬。毛笔字实已不能写，非常难看。前日寄《日记三钞》一册，想先到。敬请母夫人大安，顺问
近佳。

叶圣陶　（1982 年）七月十六日上午

促膝诚为甚胜缘，谈心相对欲忘言，旧交新晤乐无边。

展卷俨然丰老笔，继承乃父一吟贤，画风书趣得薪传。

去岁冬月，一吟同志侍广洽法师惠顾并作《促膝谈心图》记之，今填《浣溪沙》一阕奉酬。

一九八二年夏

叶圣陶

12

一吟同志：

今天上午由至诚写信，把我写的字条寄去，并且回复了来信问及的事。黄源同志先托人来说起写纪念室名，令尊故居当然该写，所以我都写了。字实在不好，最好另请他人写。如果决定用我的字，还有一句话要叮嘱，就是纪念室名和故居名要居中，我的署名偏在旁边。务请注意。广洽法师如果能来参加落成典礼，我如可能，也想去参加。即问

近佳。

叶圣陶　（1982 年）十二月四日夜间

13

一吟同志惠鉴：

久未通信，想令堂安康，你亦佳健，特此补贺春节。《物语》第二册已接到，深谢，惜我想看而视力不济，竟无法阅览，实为惆怅。

曾于致广洽法师书中言及我近为尊翁撰一文集之序，以我处已无誊清稿，将请你钞一份寄往新加坡，供广洽师一观。为此特地奉告，请便中一办。若有复印机可以利用，则尤方便。

广洽师言《子恺漫画及其师友墨妙》[1]一辑由你编排付印，此书今年上半年能印成否？

即问

近安。

叶圣陶　（1983年）二月二十日

① 此书于1983年由新加坡胜利书局出版，叶圣陶、俞平伯题签。

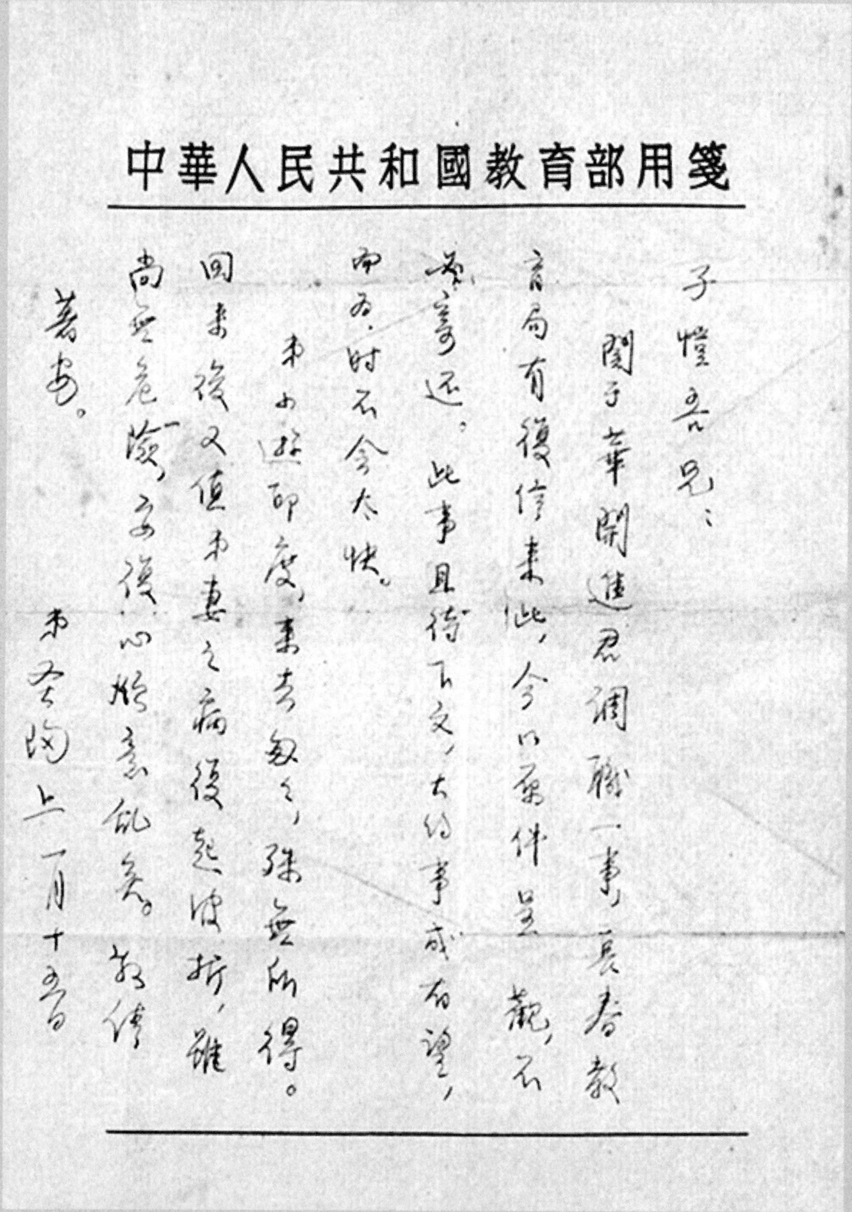
中華人民共和國教育部用箋

子愷吾兄：

關于華開佳君調職一事，長春教育局有復信來此，今以原件呈覽，無需寄還。此事且待下文，大約事成有望，而為時不會太快。

弟出遊印度，甚為匆匆，殊無所得。

回來後又值弟妻之病，病後起波折，雖尚無危險，今後心始寬舒矣。敬候

著安。

弟聖陶上 一月十五日

一九五七年一月十五日叶圣陶致丰子恺

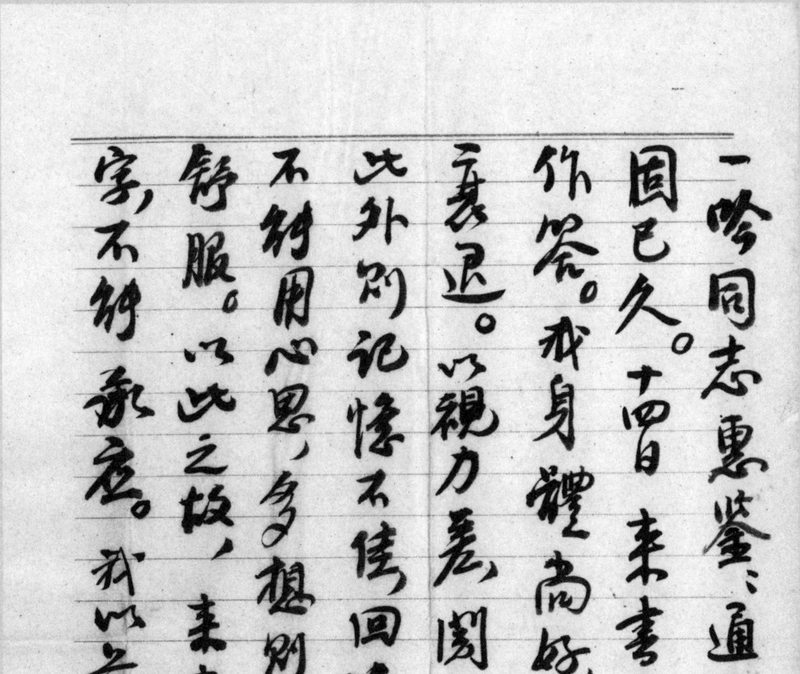
一吟同志惠鑒：通信爲初次，而相識固已久。十四日来書今日接讀，簡略作答。我身體尚好，惟聽力視力皆衰退。以視力差，閱覽書寫皆減少。此外則記憶不佳，回憶往事多模糊，不能用心思，多想則影響睡眠，累日不舒服。以此之故，来書要我寫回憶文字，不能奉應。我以前曾作極少數者

北京市西城区印刷厂出品 77.[illegible]（1478）

一九七八年一月十九日叶圣陶致丰一吟（一）

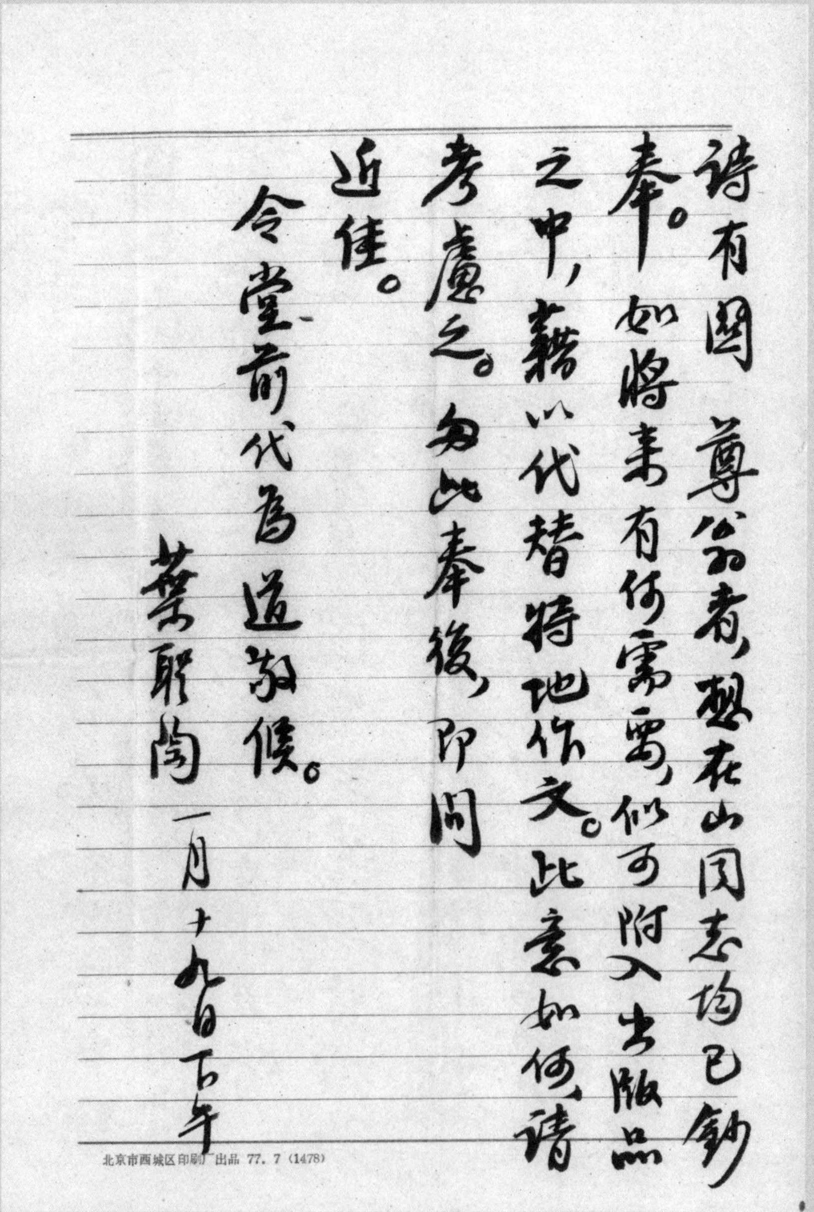
詩有圖 尊翁者，想在山同志均已鈔奉。如將來有何需要，似可附入出版品之中，藉以代替特地作文。此意如何，請考慮之。匆此奉復，即問近佳。

令堂前代為道敬候。

葉聖陶 一月十九日下午

北京市西城区印刷厂出品 77. 7（1478）

一九七八年一月十九日叶圣陶致丰一吟（二）

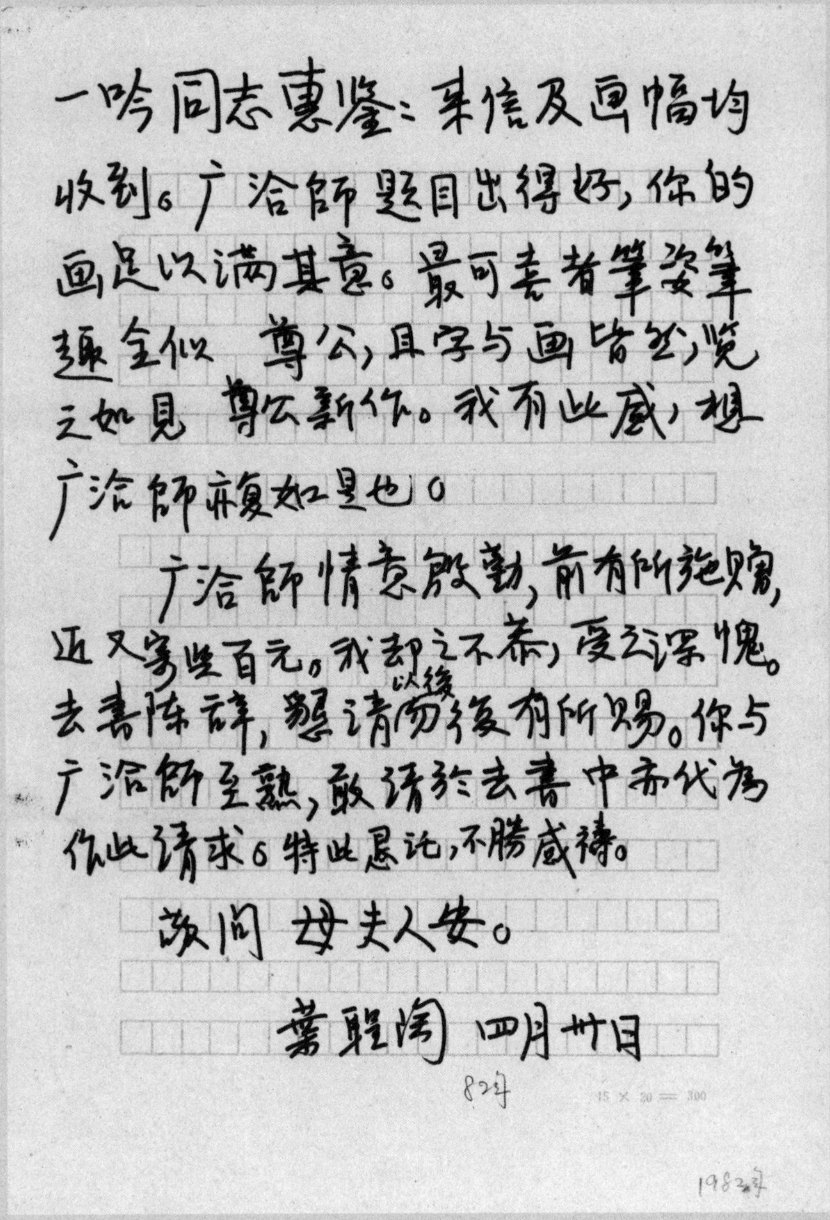

一吟同志惠鉴：来信及画幅均收到。广洽師题目出得好，你的画足以满其意。最可喜者笔姿笔趣全似　尊公，且字与画皆然，览之如見　尊公新作。我有此感，想广洽師亦復如是也。

广洽師情意殷勤，前有所施赠，近又寄此百元。我却之不恭，受之深愧。去書陈辞，恳请以後勿復有所賜。你与广洽師至熟，敢请於去書中亦代為作此请求。特此恳托，不勝感禱。

敬问　母夫人安。

叶聖陶　四月廿日

一九八二年四月卅日叶圣陶致丰一吟

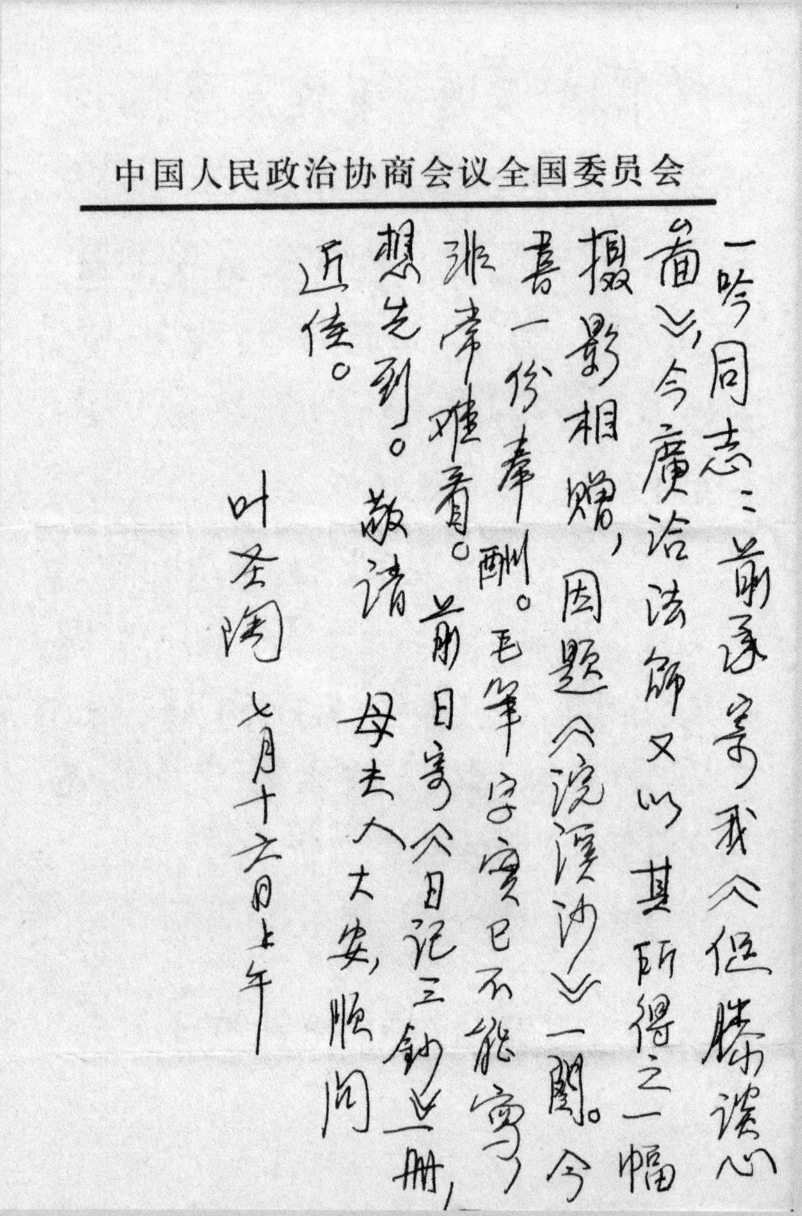
中国人民政治协商会议全国委员会

一吟同志：前承寄我《促膝谈心图》，今广洽法师又以其所得之一幅摄影相赠，因题《浣溪沙》一阕。今书一份奉酬。毛笔字实已不能写，非常难看。前日寄《日记三钞》一册，想先到。敬请
母夫人大安，顺问
近佳。

叶圣陶　七月十六日上午

一九八二年七月十六日叶圣陶致丰一吟

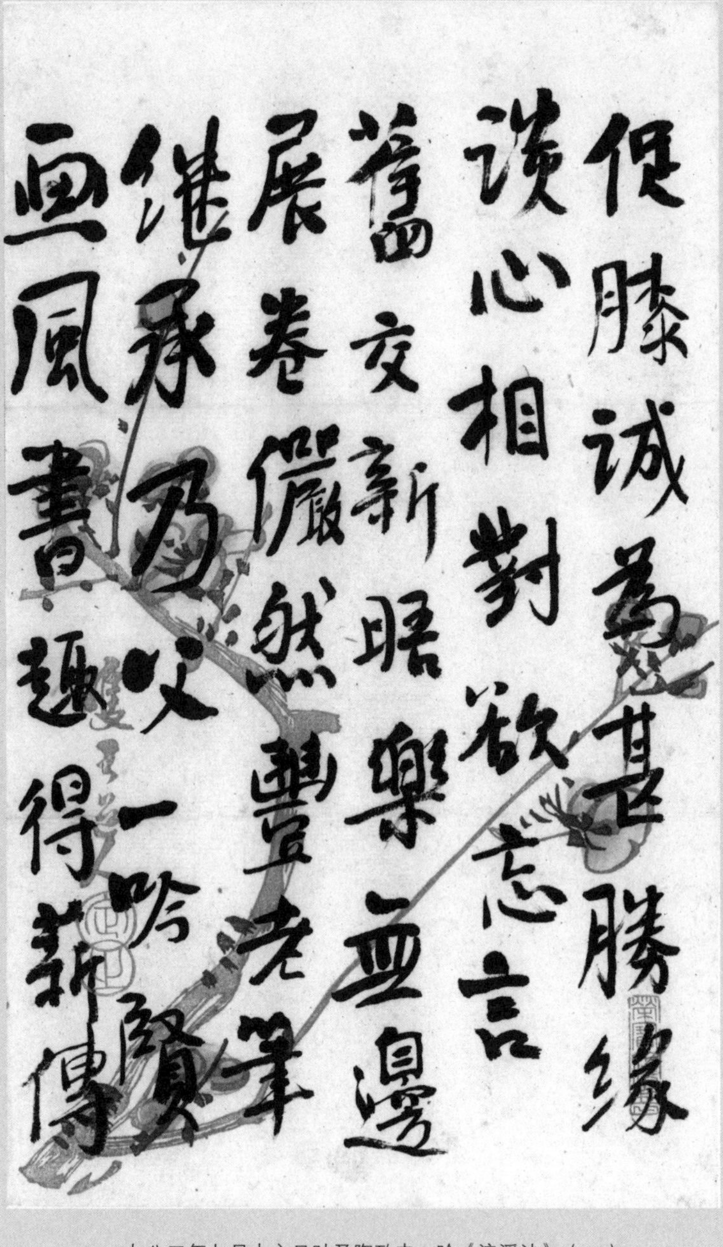
促膝诚爲甚勝缘
談心相對欲忘言
舊交新晤樂無邊
展卷儼然豐老筆
繼承乃父一吟賢
畫風書趣得薪傳

一九八二年七月十六日叶圣陶致丰一吟《浣溪沙》（一）

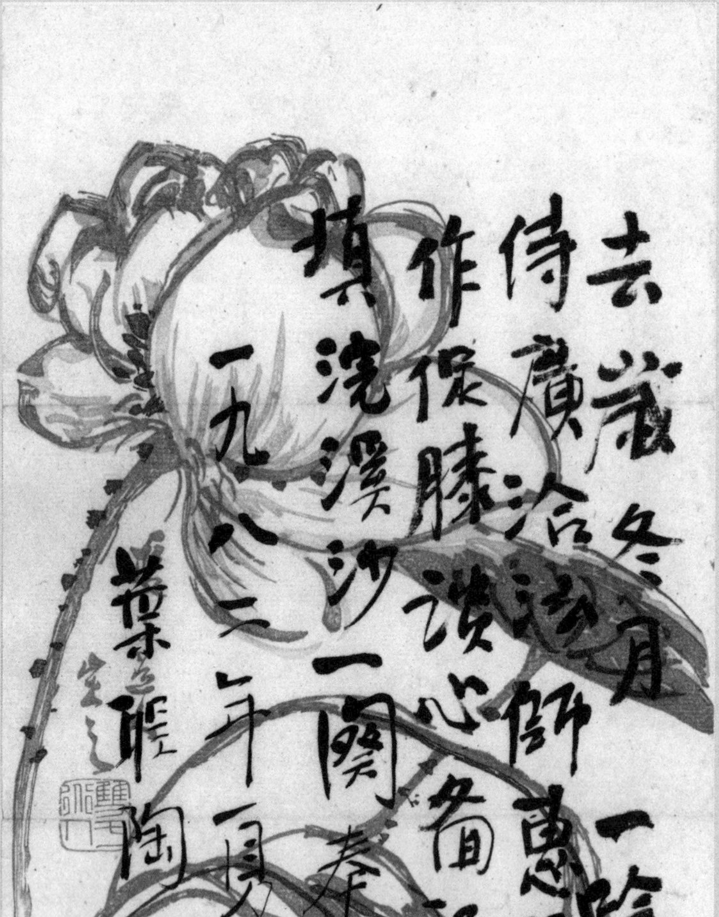

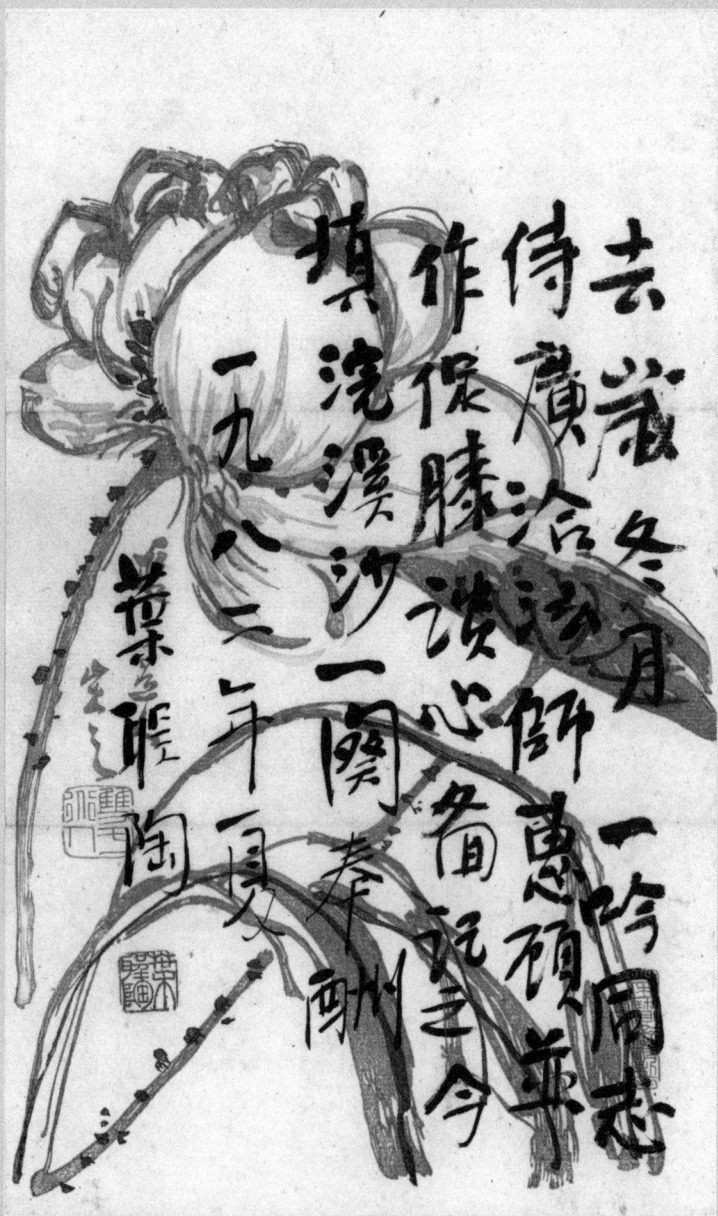

一九八二年七月十六日叶圣陶致丰一吟《浣溪沙》（二）

方光焘　1通

方光焘（1898—1964），语言学家、作家、翻译家。方光焘1924年3月在日本东京高等师范学校毕业回国后，先后任教于浙江宁波省立第四中学、上虞春晖中学、上海立达学园、南京中央大学。在春晖中学与立达学园时期，他与丰子恺是同事，更是好友。

1[①]

子恺！我们相识算来还不满二年。这二年间，受着更大意志的支配，我们各各似浮萍地东飘西泊着；总没有常聚的机缘。今年立达创办，运命却又把我们拉拢在一起，使我们比邻而居，得享那朝夕过从的欢乐。当我们兴来时，肯冒着蒙蒙微雨，跑到江湾，沽酒回来痛饮；溽暑难受时，即在夜间，也要同步到天狗堂吃一杯刨冰。风雨凄其的苦夜，清风明月的良宵，也各各随着我们的兴致，对月呀，煮茗呀，喝酒呀，闲谈呀；我们深悟得聚散无常的至理，断不肯让时光轻易地逃过去的。子恺！这些琐琐细事，说来原也没有什么珍奇，更无足贵！但试想几月之后抑或几年之后，我们人居两地，天各一方的日子，那时这一件件些细无聊的常事，怕都要成为我们的可珍可贵的相思资料罢！

这几月来的欢聚，在我们干枯无味的粉笔黑板生涯中，总算得了不少的欢乐和慰安。但是子恺，我每见你的时节，觉得你总有一种“说不出”（never speak out）的神情。悲哀愤怒时，你不过皱一皱眉头；快乐欢愉时，也不过开一开唇齿。你终于是“说不出”“不说出”的罢！像这样好胡言妄论的我，

① 这封信曾以“漫话”为名，用作《子恺漫画》序言。

对你的沉默的印象，自然更深深地刻在我的脑际！就自私一面说，我每感到不能和你畅谈的遗憾；但一反省，却又起了许多无名的不安！

记得去年春上，我忙里偷闲地，到白马湖来，过了一夜。子恺！怕这就是我和你最初相见的一日罢。丏尊先生当夜备了酒和菜，邀你我在他那小小院子里小饮；我和丏尊先生滔滔地闲谈着。你却闷闷地喝着酒，默默地听着我们。后来你也问了我一句："怎样地教授外国语？"那时我刚出校门，懂得什么；但也因你开了我的话匣，便也哓哓不休地，向你说了许多不关痛痒的话。回想起来，我那时真不知给你的是慰安，抑是失望。

记得今年夏天，在黄家阙的时节，我正要和几位友人，动身到真茹去访一位相别十年的旧友；恰巧你刚从理发铺回来，我见你那短短的发，光光的脸，便和你打趣了一声："子恺！你今天至少小了五岁。"你对我笑了一笑，抓抓新剪过的头发，终于回答不出什么来。子恺！回想起来，那日真不知给你的是痛苦，还是欢乐！

记得有一天丏尊先生从宁波来，我们沽酒备菜，留他共膳，喝酒闲谈着，不知不觉地已到了十二点半钟！丏尊先生和我，都为着午后有课，不敢尽情痛饮。所有壶中的剩酒，子恺！你便告了个奋勇，默默地一杯一杯喝个干净！一点钟到了！我和丏尊先生都要离开你，到学校去。你抱着华瞻[①]，在室中踱来踱去，把发光的醉眼看着我们走，含笑带怒地一言不发，看着我们！子恺！我不明白你那时所感到的是悲哀，抑是欢乐，更不明白这悲哀、欢乐是我们给你的呢，抑或是比我们更大的一位给你的呢！

子恺！像这类的事，真是写也写不完的！总之你是"不说出""说不出"的一个孤独者罢！热情燃烧着，悲哀萦绕着，你是不能说，也不愿说的。你喜欢的是沉浸在那悲哀和热情的里面罢！当我们兴高采烈，喝着老酒，忽然华瞻醒了，要你抱他，你纵然是不愿意，你却"说不出"什么，还得去抱着他，歌唱给他听罢！当你的阿宝[②]，被人家的脚踏车，撞得头破血流，你纵然气得筋脉偾张，但你也"说不出"什么，只有抚摸她，慰藉她罢！

---

① 即丰华瞻，丰子恺长子。

② 即丰陈宝，丰子恺长女。

子恺！这“不说出”“说不出”的神情，怕是你有生以来具有的罢！我愿它始终伴着你！你别诅咒它，它真是一切艺术渊泉！子恺！你还记得么？有一天的晚上你的夫人，你的孩子不是都离开你，到上海去了么？在那月明的半夜，我宿酒初醒地卧在榻上，恋人的明月正照在窗前，我原想到你那里闲谈，消此长夜；但细听一听：你那低低的吟唔声！伸纸声！研墨声！我闲谈的勇气，都消失了！我也被你浸在那沉默的当中了！子恺！这“说不出”“不说出”的沉默，真是你的艺术（假如你的画，是艺术）的核心罢！子恺！你别厌弃它，去爱它，抚育它，和它相终始罢！

子恺！在这充满了所谓“画家”“艺术家”“艺术的叛徒”的中国，你何必把那吃饭的钱省节下来，去调丹青，买画布，和他们去争一日之长呢！你只要在那“说不出”的当儿，展开桌上的废纸，握着手中的秃笔，去画罢！画出那你“说不出”的热情和哀乐，使你朋友见了，可得欢乐，使你夫人见了，可以开怀，使你的阿宝见了，可以临摹，使你的华瞻见了，可以大笑！那就是你的艺术；也就是你的艺术生活！又何须我多说！

一九二五，十一，六，方光焘

朱自清　1通

朱自清（1898—1948），作家。与丰子恺关系密切，曾为丰子恺的《子恺漫画》与《子恺画集》写过序跋。

1[①]

子恺兄：

知道你的漫画将出版，正中下怀，满心欢喜。

你总该记得，有一个黄昏，白马湖上的黄昏，在你那间天花板要压到头上来的，一颗骰子似的客厅里，你和我读着竹久梦二的漫画集。你告诉我那篇序做得有趣，并将其大意译给我听。我对于画，你最明白，彻头彻尾是一条门外汉。但对于漫画，却常常要像煞有介事地点头或摇头；而点头的时候总比摇头的时候多——虽没有统计，我肚里有数。那一天我自然也乱点了一回头。

点头之余，我想起初看到一本漫画，也是日本人画的。里面有一幅，题目似乎是“□□子爵の泪”（上两字已忘记），画着一个微侧的半身像：他严肃的脸上戴着眼镜，有三五颗双钩的泪珠儿，滴滴答答历历落落地从眼睛里掉下来。我同时感到伟大的压迫和轻松的愉悦，一个奇怪的矛盾！梦二的画有一幅——大约就是那画集[②]里的第一幅——也使我有类似的感觉。那幅的题目和内容，我的记性真不争气，已经模糊得很。只记得画幅下方的左角或

① 此信札曾作为《子恺漫画》代序。

② 指《梦二画集·春之卷》。

右角里，并排地画着极粗极肥又极短的一个“！”和一个“？”。可惜我不记得他们哥儿俩谁站在上风，谁站在下风。我明白（自己要脸）他们俩就是整个儿的人生的谜；同时又觉着像是那儿常常见着的两个胖孩子。

我心眼里又是糖浆，又是姜汁，说不上是什么味儿。无论如何，我总得惊异；涂呀抹的几笔，便造起个小世界，使你又要叹气又要笑。叹气虽是轻轻的，笑虽是微微的，似一把锋利的裁纸刀，戳到喉咙里去，便可要你的命。而且同时要笑又要叹气，真是不当人子，闹着玩儿！

话说远了。现在只问老兄，那一天我和你说什么来着？——你觉得这句话有些儿来势汹汹，不易招架么？不要紧，且看下文——我说：“你可和梦二一样，将来也印一本。”你大约不曾说什么；是的，你老是不说什么的。我之说这句话，也并非信口开河，我是真的那么盼望着的。况且那时你的小客厅里，互相垂直的两壁上，早已排满了那小眼睛似的漫画的稿；微风穿过它们间时，几乎可以听出飒飒的声音。我说的话，便更有把握。现在将要出版的《子恺漫画》，它可以证明我不曾说谎话。

你这本集子里的画，我猜想十有八九是我见过的。我在南方和北方与几个朋友空口白嚼的时候，有时也嚼到你的漫画。我们都爱你的漫画有诗意；一幅幅的漫画，就如一首首的小诗——带核儿的小诗。你将诗的世界东一鳞西一爪地揭露出来，我们这就像吃橄榄似的，老咂着那味儿。《花生米不满足》使我们回到惫懒的儿时，《黄昏》使我们沉入悠然的静默。你到上海后的画，却又不同。你那和平愉悦的诗意，不免要搀上了胡椒末；在你的小小的画幅里，便有了人生的鞭痕。我看了《病车》，叹气比笑更多，正和那天看梦二的画时一样。但是，老兄，真有你的，上海到底不曾太委屈你，瞧你那《买粽子》的劲儿！你的画里也有我不爱的：如那幅《楼上黄昏，马上黄昏》，楼上的与马上的实在隔得太近了。你画过的《忆》里的小孩子，他也不赞成。

今晚起了大风。北方的风可不比南方的风，使我心里扰乱；我不再写下去了。

朱自清

一九二六年十一月二日　北平

俞平伯　2通

俞平伯（1900—1990），红学家、诗人、作家。

1[1]

子恺先生：

听说您的“漫画”要结集起来和世人相见，这是可欢喜的事。嘱我作序，惭愧我是“画”的门外汉，真是无从说起。现在以这短笺奉复，把想得到的说了，是序是跋谁还理会呢。

我不曾见过您，但是仿佛认识您的，我早已有缘拜识您那微妙的心灵了。子恺君！您的轮廓于我是朦胧的，而您的心影我却是透熟的。从您的画稿中，曾清切地反映出您自己的影儿，我如何不见呢？以此推之，则《子恺漫画》刊行以后，它会介绍无量数新朋友给您，一面又会把您介绍给普天下的有情眷属。“乐莫乐兮新相知。”我替您乐了。

早已说过，我是门外汉，除掉向您道贺以外，不配说什么别的。但您既在戎马仓皇的时节老远地寄信来，则似乎要牵惹我的闲话来，我又何能坚拒？

中国的画与诗通，而在西洋似不尽然。自元以来，贵重士夫之画，其蔽不浅，无可讳言。但从另一方面看，元明的画确在宋院画以外别辟蹊径。它们的特长，就是融诗入画。画中有诗是否画的正轨，我不得知；但在我自己，确喜欢有诗情的画。它们更能使我邈然意远，悠然神往。

您是学西洋画的，然而画格旁通于诗。所谓“漫画”，在中国实是一创格；既有中国画风的萧疏淡远，又不失西洋画的活泼酣恣。虽是一时兴到之笔，

① 此信曾作为《〈子恺漫画〉跋》发表。

而其妙正在随意挥洒。譬如青天行白云，卷舒自如，不求工巧，而工巧殆无以过之。看它只是疏朗朗的几笔似乎很粗率，然物类的神态悉落彀中。这绝不是我一人的私见，您尽可以相信得过。

以诗题作画料，自古有之；然而借西洋画的笔调写中国诗境的，以我所知尚未曾有。有之，自足下始。尝试的成功或否，您最好请教您的同行去，别来问我。我只告诉您，我爱这一派画——是真爱。只看《忆》[1]中，我拖您的妙染下水，为歪诗遮羞，那便是一个老大的证据。

一片片的落英都含蓄着人间的情味，那便是我看了《子恺漫画》所感。说"看"画是煞风景的，当说"读"画才对，况您的画本就是您的诗。

平伯　敬上

一九二五年十一月一日　北京

2

一吟贤侄青览：

虽未晤面，却是相知。得读惠书，情意深厚，为之欣悦。令尊漫画久已驰名寰宇，而仆是早岁致赏之一人，小诗集《忆》承宠赐插图，多费螺黛，而声价倍增。至今感纫，原迹一向珍藏，惜其佚于丙丁。亡室在日，亦蒙赐折扇二，其一彩画飞卿词意极工妙，今尚存，已装为横幅，俾后嗣宝之。

以踪迹云萍，朔南迢递，虽神交已久，迄未瞻韩。谨于北京文代会上一晤，之后世变纷乘，遽阻人天，曷胜怅悼！吾贤继志述事，扬美诵芬，左家娇女定博凌云莞尔也。又知性耽禅悦，在画册中得睹手写《心经》墨妙，为快。上大重建，令爱在校进修，忆青云旧迹，先后六十年矣。承惠新刊画册，初见眼明，感谢感谢。复颂

秋祺！

（1983年）九月廿八日平伯启

华瞻前曾来访附书。

---

① 指俞平伯在1925年出版的诗集《忆》，丰子恺为其作插图18幅（10幅黑白画，8幅彩色画）。

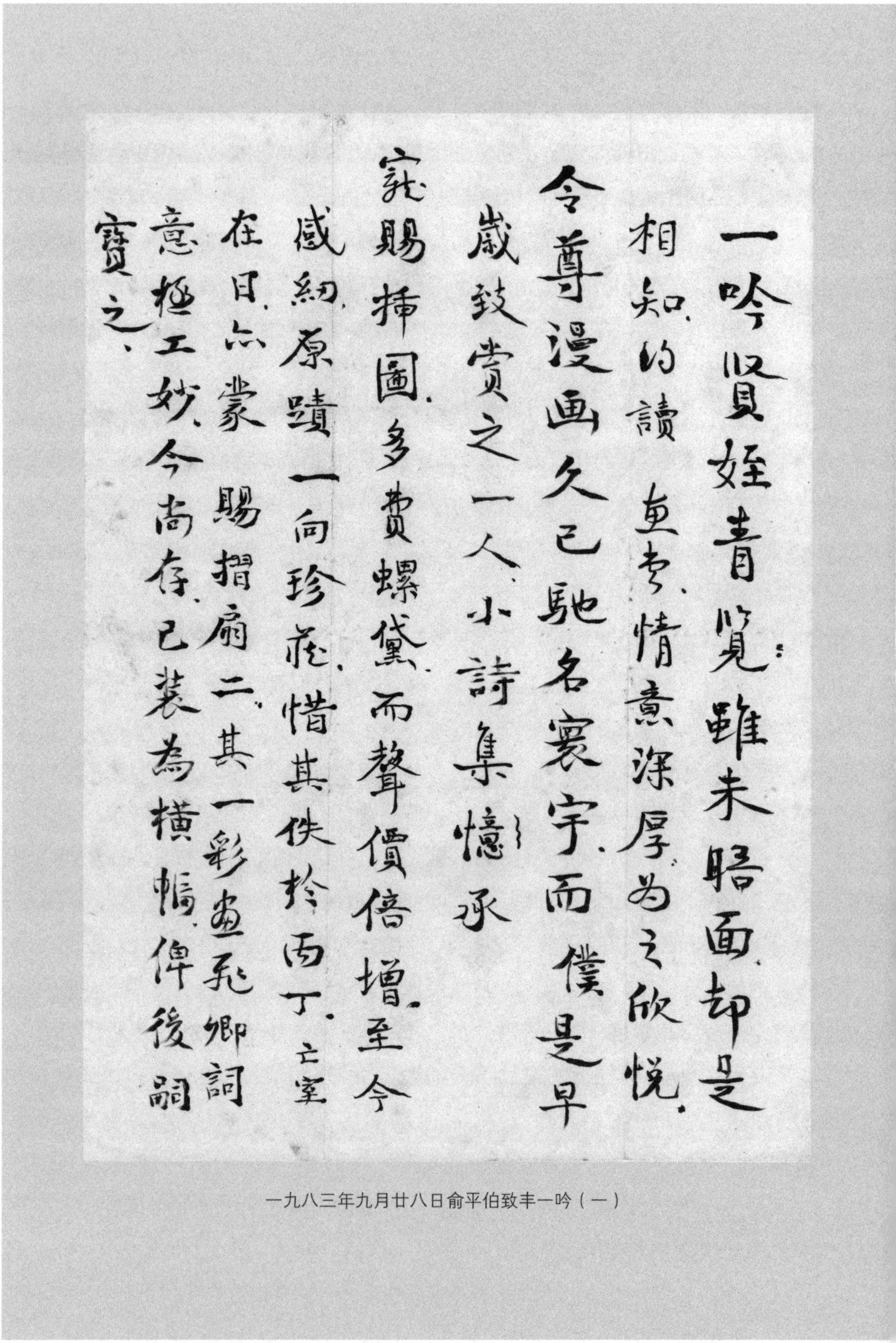
一吟賢姪青覽：雖未晤面，卻是相知的讀畫者，情意深厚，為之欣悅。令尊漫画久已馳名寰宇，而僕是早歲致賞之一人，小詩集《憶》承寵賜插圖，多費螺黛，而聲價倍增。至今感紉。原蹟一向珍庋，惜其佚於丙丁。亡室在日亦蒙賜摺扇二，其一彩畫兒鄉詞意極工妙，今尚存，已裝為橫幅，俾後嗣寶之。

一九八三年九月廿八日俞平伯致丰一吟（一）

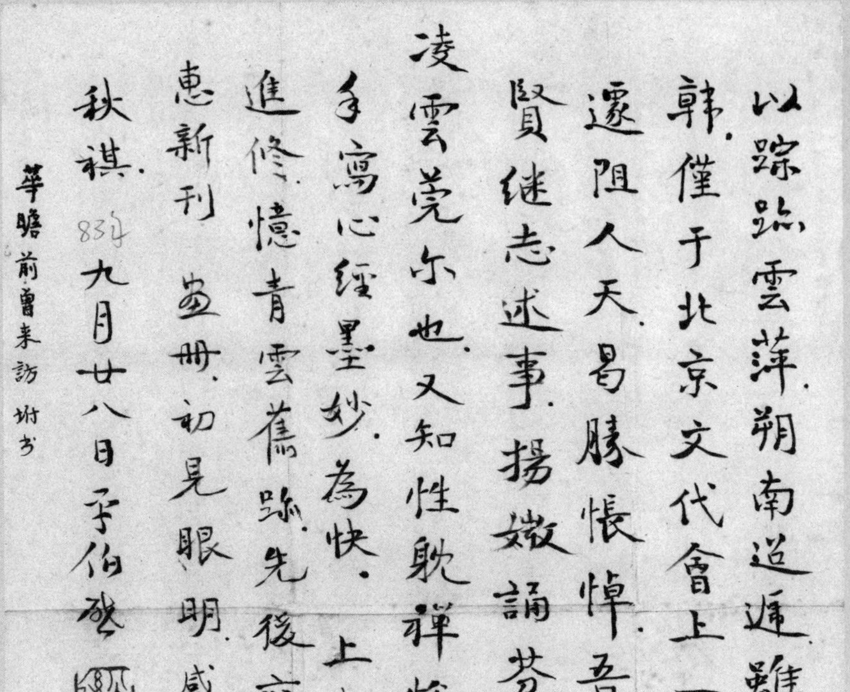

以踪跡雲萍，朔南道遥，雖神交已久，迄未瞻韓。僅于北京文代會上一晤。至後世变纷乘，遂阻人天。曷勝悵悼。吾賢继志述事，揚徽誦芬，左家嬌女定博凌雲莞尔也。又知性耽禪悦，在画册中得覩手寫心經墨妙，為快。上大重建，令愛在校進修，憶青雲舊跡，先後六十年矣。承惠新刊画册，初見眼明，感、謝、復頌秋祺。 九月廿八日平伯啓

華瞻前曾来訪 澍书

83年

一九八三年九月廿八日俞平伯致丰一吟（二）

广洽法师　2通

广洽法师（1900—1994），新加坡佛教居士林导师，龙山寺住持，新加坡佛教总会副主席、主席，与弘一法师、丰子恺关系密切。

1

一吟贤女：

我在新加坡事甚忙，依莲由不在，赵朴初居士廿三号到新加坡，很欢喜，全体开欢迎大会，陪他各处参观。我精神记忆全无，现在当无用之人，付新币壹佰元费用。

广洽具

（1988年9月）

东明来信已收到。

2

一吟贤侄女如面：

前日获惠函，得悉一切安好，甚慰。张家界之行，至善，对精神具裨益，亦稍作休息，料此函抵步，汝亦旋归。

卫塞节[①]慈善布施，每三或五年必须印一辑征信录，其八七至八九三年之

① 南传佛教传统纪念佛教创始人释迦牟尼诞生、成道、涅槃的节日。

征信录拟提早印就，故特托为写序言，一篇洽用，一篇光别居士[①]用。现将几辑序言影印寄上备参阅。印务馆议定一阅月工作告竣。因此修函告悉以免为急。洽今年逊前年，体力精神均衰退，常时感倦，对一切事无法应敷，戴易山之信无法奉复，祈谅！

农历八月中秋后，可能赴大和堂[②]一趟，恰巧逢东明[③]临月，南安之行，未悉如愿否！随邮之便汇上新币壹佰元整，供作果仪，乞希莞纳，并颂

喜乐相随！

纳广洽谨启

一九八九.七.廿二

① 即陈光别，新加坡华人，曾任新加坡居士林佛教会会长。

② 即大和佛堂，在福建泉州下辖的南安市罗东镇。

③ 即崔东明，丰一吟女儿。

彌陀學校董事會用箋

黎士哥士律第三七一號　電話：二五八六五六三

COMMITTEE OF

MI TOH BHUDDIST SCHOOL

No. 371, RACE COURSE ROAD, SINGAPORE, 0821.

TEL: 2586563

一吟贤侄女如面：前日获惠函，得悉一切安好

甚慰。張家界之行，至善，对精神具裨益，亦

稍作休息，耕此函抵步，汝亦旋归。

卫塞节慈善布施，每三或五年必须印一辑

徵信錄，其八七至八九三年之徵信錄，拟提早

印就，故特托为写序言。一篇洽用，一篇先刊

居士用现将几辑序言影印寄上备参阅、印

务馆议定一阅月工作告竣，因此修函告悉，以

免为急。洽今年逊前年，体力精神均衰退，

常呼忘德，对一切事无法应数，莪易山之仪

无法奉复，祈谅！

农历八月中秋后，可能赴大和堂一趟，恰巧逢

东明临月，南安之行，未悉如愿否！随邮之便

汇上新币叁佰元，乙供作果仪之需，完纳並

颂

吉乐相随

衲 廣洽谨启 一九八九、七、廿二.

一九八九年七月廿二日广洽法师致丰一吟

王星贤　1通

王星贤（1901—1990），马一浮学生，抗战期间曾教过丰子恺子女英文。

一吟贤世讲你好！全家好！

12 日函悉。你们全家，除新枚[1]未见外，我全记得。当我怀着悲愤的心情阅读你的悼念尊翁的文字时，对你的印象更深！

听说你的老母跌跤，不胜系念！请代我和老伴致意问候，祝老人家早复健康！

尊翁一生译述，有你们兄妹精心整理，定可传世。叨在交契，闻之欣慰！来件有五处笔误，分别记出，原件附还。请查收。

我们两老亦近八十，尚无大病。我手战十多年，只能用铅笔，很费力。老伴关节炎廿多年，走路迟钝。余再谈。

王星贤启　81/4/15

① 即丰新枚，丰子恺三子。

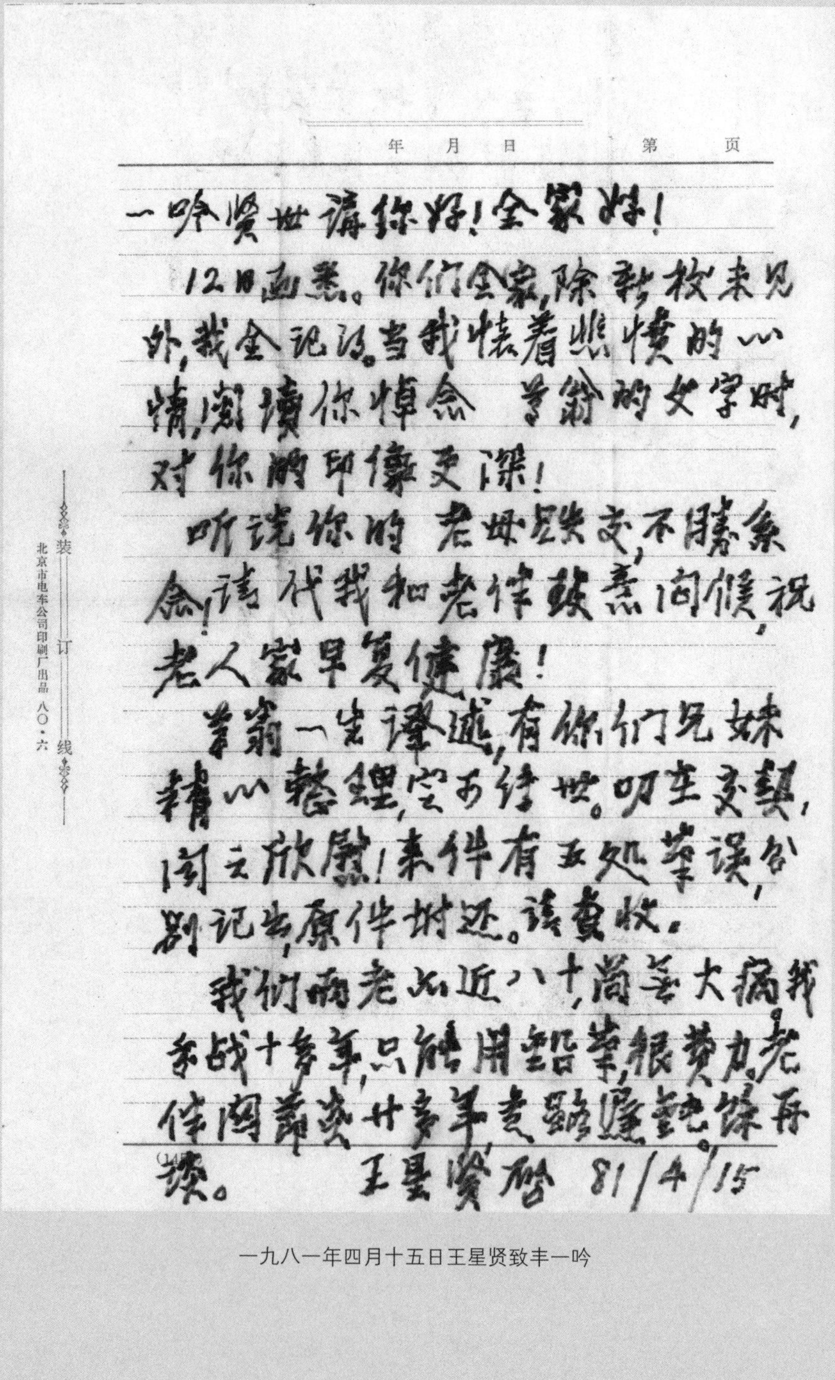

年 月 日 第 页

北京市电车公司印刷厂出品 八〇·六

装 订 线

一吟贤世讲:你好!全家好!

12日函悉。你们全家,除新枚未见外,我全记得。当我怀着悲愤的心情,阅读你悼念 丰翁的文字时,对你的印像更深!

听说你的 老母跌交,不胜系念!请代我和老伴致意问候,祝老人家早复健康!

丰翁一生译述,有你们兄妹精心整理,定当传世。明年交契,闻之欣慰!来件有五处笔误,另列记出,原件附还。请查收。

我们两老以近八十,尚无大病。我参战十多年,只能用铅笔,很费力。老伴陶萧炎廿多年来[illegible]。馀再谈。

(14)

王星贤启 81/4/15

一九八一年四月十五日王星贤致丰一吟

费新我　6通

费新我（1903—2005），画家、书法家。丰子恺曾撰文赞扬费新我的绘画。

1

一吟同志：

久别获手教，大出意外。我年已望八，想您也六十开外了。丰老逝世前曾通过一次信，为了他要探听一个老友，后来探到而让他们通讯，这老也过世几年了。具体资料，有找到当摘告。1957 年 6 月 18 日《人民日报》刊有一篇文，乃丰老为我的《草原图》而写的。一鳞半爪之事迹，应该有些，一则年久了，二则我虽年事不小，忙得不亦乐乎，更其健忘了。故一时说不出来。

代水君寄照片等，收到，麻烦你了。此复，即请

侍安！

新我

一九八一年九月四日

2

一吟同志：

还是去年夏天你有信，那时我在青岛过夏，回来在大堆来信中读到，因无可奉答，就搁起。好像一张照片，问我在哪里拍的，我也想不出了。有时见了园林中人，没有带照片，有时带了照片，没碰到人，或他也说不出，所以也不能复你。直到前几天，要我去看盆景，先总算把照片找到（有时要找

一时找不到）。那一天各园中员工到得多，总算有人认出来了，他说我年大还知道，这叫“舒啸亭”，在留园西边的，现在已经和那时有些两样（修建过了）。

上月我去成都开会，归途经郑州，省文联留我五天，在书协河南分会主席谢瑞阶[①]先生家里，看到丰先生录的弘一法师在俗时所作词八首，已裱成一手卷，末了丰先生跋曰：“丙戌新秋于汴京客窗书奉胜阶（按：即瑞阶）道兄存赏　子恺□”当时摘记，兹特录奉。又我曾为弘一法师钩勒一头像，后由丰先生加题一方送与星加坡某法师。法师把像题裱在一起，赠我照片（今日一时找不着），这你家有存者乎？

我是1903年冬生的，已经七十九了。自从22年前不画改左手作书以来日趋忙碌，身子总算还好，还可在外面跑跑，今年春节，是在日本过的，上月去成都与郑州，下月将去东北三省，八月还要去烟台消夏，或你所意料不到的。

家里老爱人82了，还健，大儿子神经病患癌而故世，四儿行方在出版社的，患肺心病在沪死于医院，或你已知之了。二房在北京，三儿之雄你知道的，他后来弃商想学画，现在苏州钟表元件厂工作，业余在搞书法、写文、制灯谜等，今年方结婚。五儿一房原在新疆，半年来陆续调来苏州。六儿是化工学院毕业，参加工作后，考起研究生，又已毕业，今年又考取读博士生了。第三代为二男二女。特向你汇报。

即祝

侍安！文笔顺利！

新我

82.6.11

丰先生和我通信不多，已经变乱，有的散失，有的也是居处庞杂棼乱，要有机会才会发现。眼前连清理时间都无。

来信十之八九不理了。像这样长信，亦极少写的了。

---

① 谢瑞阶，国画家、书法家、教育家。与丰子恺同为弘一法师学生。

3

一吟姐：

会也匆匆，别也匆匆，归又碌碌，府上欠的债，时在心上。有时做脱些，惟圆通之匾，使我最伤脑筋，因我写的随便，这非规正不可。总的大小可知放缩，姑且写些，拣一再用细线钩出，可修得好点，并附。小字依稿。因没提年月，又加些备用。（有人说我疑应放在上面。）

正因你在高楼，恐邮务员不敢送到闺门，正欲写信问寄法，而你信来了，难为情，拖得久了，还好，适有潘慈中[①]（与君匋相识）同志来沪，托其躬送，总可到达，了却此债了。

你自我介绍，我就附简历一页。

我太忙，不及细谈。

即祝

新禧！

新我手上

（1988年）十二月廿五晚

字共七页，又钩稿一，小字一二条。

4

一吟姐：

你信（签纸）刚送到，那潘慈中适在旁，叫他留下，恳他带送了。他是在铁路工作，来去较便利（家在苏，工作在沪）。专喜轧耄耋老人，我说恐邮务员不肯送上楼，请你相助呢！我就匆匆一集，在他面前一点，除广洽法师一匾，有写稿及钩稿及附小字（或已可原大选用了）外，其余都是每人一张（照沪上写的大小）计：

---

① 潘慈中，南社费公直的外孙女婿。

洽师、鸿文、文彦、咨厘，给你另一横，差不多全到了。潘定已送来，不会有误吧？君匋兄的另直缴，称想吧。趋前相见，各谈不过十廿句，相处三小时，路上去脱一整天，写字至少要两天（圆通麻烦），就是苦的我忙里轧出来的（所以字不会好到那里了）。双林参加仪式后，还到龙云山去几天，近伤风中，还得应付干扰。关于写字，精力差了，退了，怕写还得写，自己要做的事，没法坐定做。一年总有两三次出去走走看看，较可调剂，但又要写字，近年稍有先后次别之经验了。就是你家那一天，我没想到也有这局戏！

又有别事来了，就此搁笔。

托潘带的太匆了。

新我补充说几句

八八年十二月廿五夜

主要是“圆通宝殿”匾字，你看过得过去否？他们可以派用否？请批教。

5

一吟姐：

不相见，是否已三十余年了？我年八六了，忙得常感吃力，近月尤甚。

1）苏州刻碑专业“艺石斋”（我是他们顾问）新屋落成，硬要我来个个展共共热闹，是本月十五日开幕。

2）故乡双林公园在拓展地建了一座“新我亭”、一条“费廊”，出钱人港商沈炳麟[①]先生二十日要来举行揭幕剪彩礼。

这两处与广洽法师之来，紧接在一起，这两处我都要出场，根本不能分身。本来上海来也可看看你（出门都要人陪了，麻烦！）。你看吧！你定能见谅，还请代向法师致憾致歉意。此请秋安，并祝

广洽法师旅佳！

① 沈炳麟，曾任香港大业织造有限公司董事长，祖籍湖州双林，热心慈善。

后会有期！

新我合十

（1989年）十一月五日

6

一吟姐：

前几日我有信托桂姐转寄，定已达鉴。舍媳德榆也来信了。今日有人传告学犛[①]姐口信，叫我下旬不要跑开，广洽法师诚意，使我感动。我平日较忙，近来诸务相杂，手忙脚乱，我就这一些人也忙，不然真想还是我趋沪朝见为是，要劳法驾，实难克当。你看在这情况下，叫我如何是好？我在春夏之间，通知苏州一位明学和尚（灵岩寺方丈）及宗教事务所，倘秋后广洽法师驾苏，请协助接待。我实不谙佛礼也。因之要问如广洽法师降临姑苏，不知那个确期？可盘桓几天？我可准备托人，再通知他们。匆匆奉陈，即请

法师旅安。

新我

（1989年）11.9

① 即钱君匋之妻陈学犛。

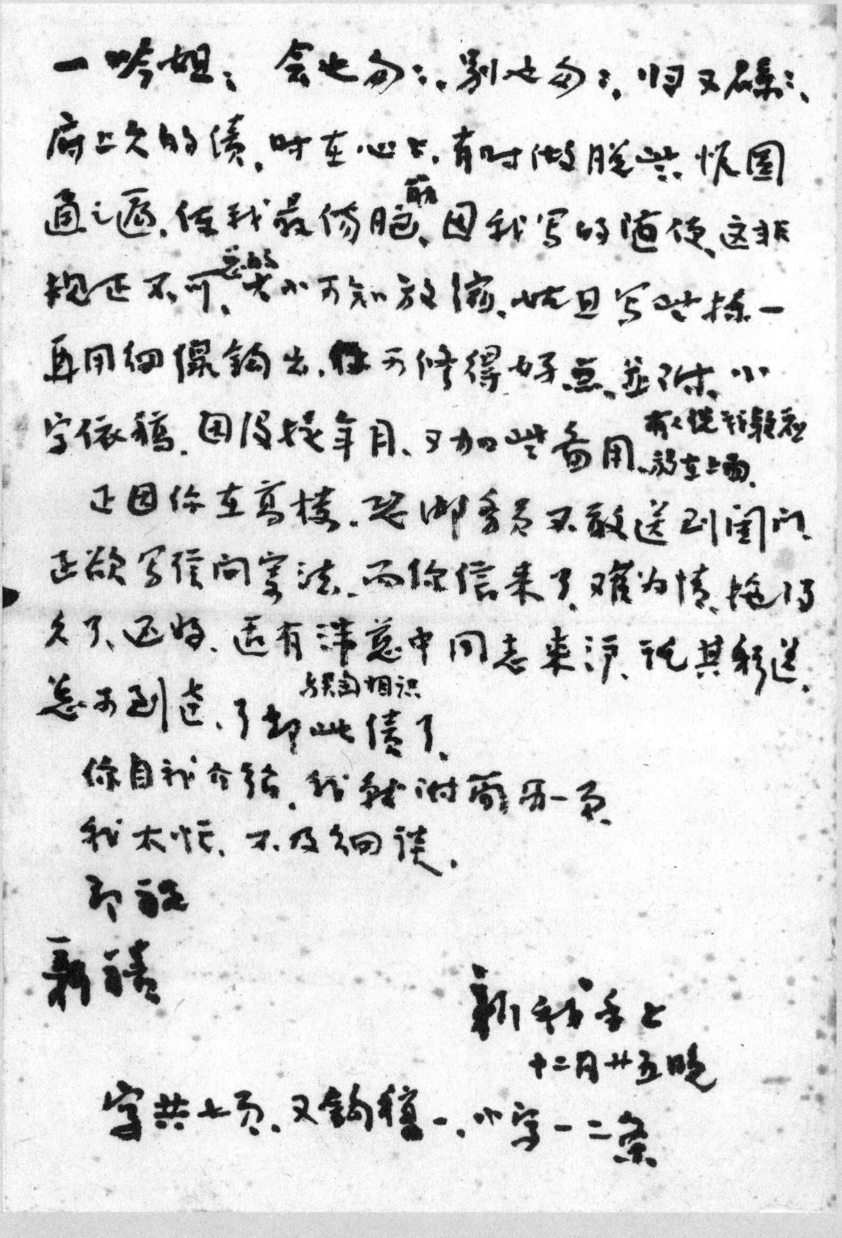

一吟姐：会也匆匆，别也匆匆，归又碌碌，
前次欠的债，时在心上，有时[illegible]些，[illegible]图
[illegible]，你我最[illegible]，因我写的随便，这非
报还不可，[illegible]知放[illegible]，姑且写些[illegible]一
页用细[illegible]钩出，[illegible]得好些，并附小
字依稿，因[illegible]年月，又加些备用，[illegible]
近因住在高楼，[illegible]又[illegible]送到[illegible]
近欲写信向[illegible]，而你信来了，难为情，拖得
久了，还好，适有[illegible]同志来沪，托其转送，
[illegible]到达，了却此债了。
你自[illegible]，我就附[illegible]一页。
我太忙，不及细谈。
即祝
新禧
新我手上
十二月廿五晚
[illegible]共七页，又钩稿一，小字一二条

一九八八年十二月廿五日费新我致丰一吟

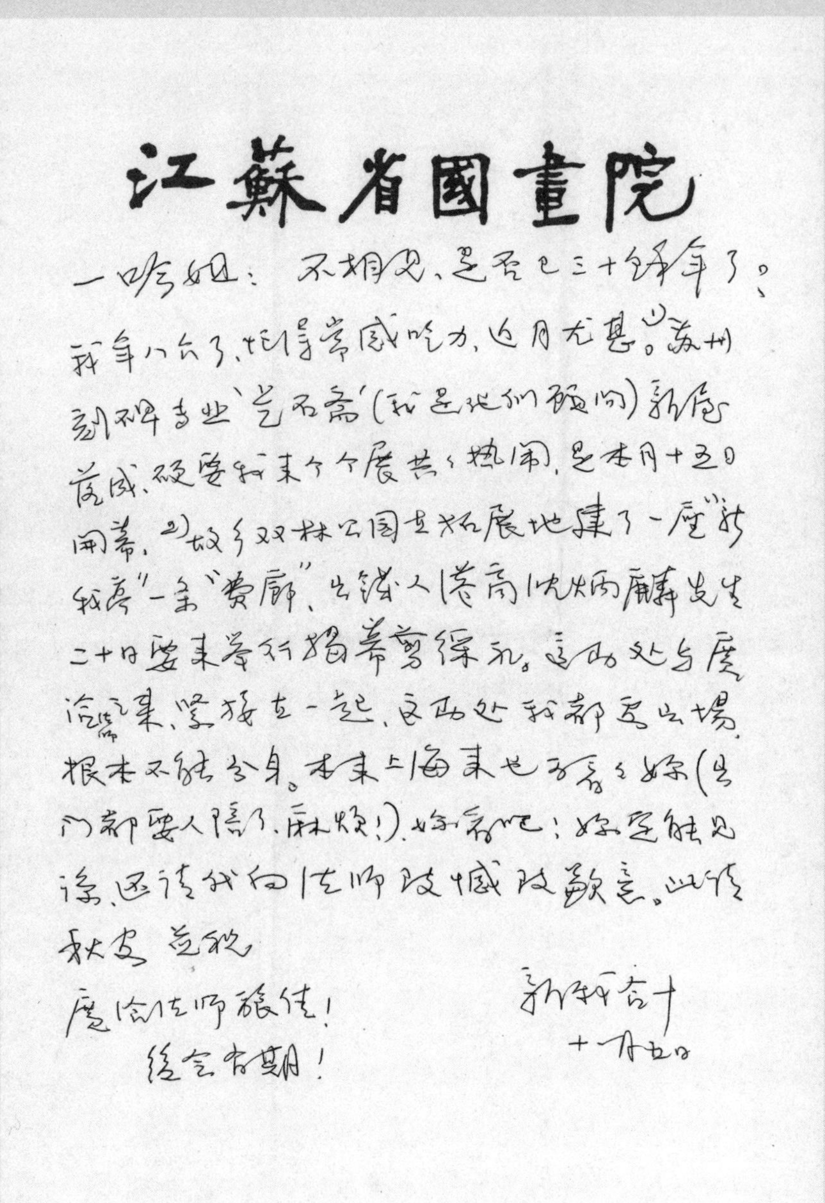

江蘇省國畫院

一吟姐：不相见，是否已三十余年了。

我年八十六了，似乎常感吃力，近月尤甚。①苏州刻碑专业"艺石斋"（我是他们顾问）新屋落成，经要我来个个展共襄热闹，定本月十五日开幕。②故乡双林公园在我居地建了一座"新我廊"一条"费廊"，出钱人港商沈炳麟先生二十日要来举行揭幕剪彩礼。这两处与展览会紧接在一起，这两处我都要出场，根本不能分身。本来上海来也方便之极（出门都要人陪了，麻烦！），你看吧！你定能见谅。还请我向法师致忱致歉意。此请

秋安　并祝

广洽法师康健！

后会有期！

新我合十

十一月五日

一九八九年十一月五日费新我致丰一吟

巴金　2通

巴金（1904—2005），原名李尧棠，中国当代作家。

1

一吟同志：

信收到，我最近身体不好，写字吃力，明天去杭州作短期休息。您要我写一篇谈您父亲的短文，我打算在香港《大公报》上的连载《随想录》中发表一篇《谈子恺先生》。我同子恺先生没有个人的交往，但是我尊敬他，作为一位正直、善良的艺术家。我的短文两个月内总可写成发表，以后会把剪报寄给您。

祝

好！

巴金　（1981年3月）卅一日

问候您的母亲。

2

一吟同志：

答应写的文章已写成，在香港《大公报》上发表。现在寄上剪报一份，请收下。可能写得草率。但我身体不好，也只能这样交卷了。祝

好！

巴金　（1981年）六月二十一日

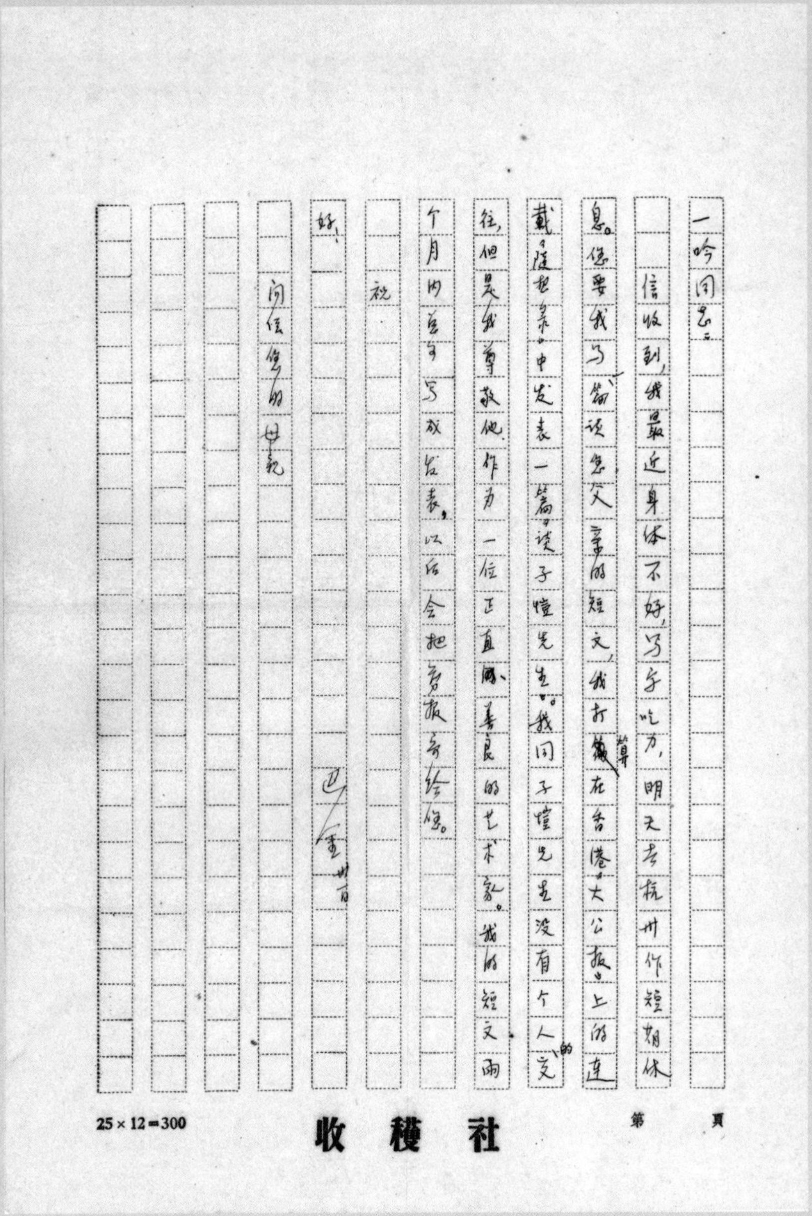

一吟同志：

信收到，我最近身体不好，写字吃力，明天去杭州作短期休息。您要我写一篇谈您父亲的短文，我打算在香港《大公报》上的连载《随想录》中发表一篇谈子恺先生的。我同子恺先生没有个人的交往，但是我尊敬他，作为一位正直、善良的艺术家。我的短文两个月内写成发表，以后会把剪报寄给您。

祝

好！

巴金 卅日

问候您的母亲

一九八一年三月卅一日巴金致丰一吟

关良　4通[1]

关良（1904—2005），画家。

1

一吟同学：

你好。来信得知一切。关于录音事，增加你们许多麻烦，实在过意不去。但愿本月中旬能够录出，已是心满意足也。元良已于廿七日返绍兴上课。专此。顺候

俪安！

关良

（1981年9月）二日

锦钧同学均此不另。

2

一吟同学：

我和爱人是八月五日赴青岛避暑游览，后又应文化部创作组之邀请来京创作。近家中来信知雅才先生[2]要画，现附入拙作一小幅，请查收。良等文代会开毕即可返沪也。专此顺候

---

① 关良致丰一吟3通，其中2通年份无考。致丰一吟丈夫崔锦钧1通，亦无系年，附于后。

② 即翁雅才，新加坡华侨。20世纪60年代认识丰子恺并与之通信。

近好！

关良

十月八日

3

一吟同学：

兹有北京人民美术出版社来沪专程拍摄我的画，并特出“关良画集”，请将我给你画的水墨画借拍一下，即日奉还。

关良

七月廿日

4

锦钧同学：

来信得悉。二十日三时我参加美协招待奥大利画展开幕典礼，结束后我和爱人同到府上，你不必来接，约六时左右可以到达也。此复。顺候

刻安！

关良

十九日

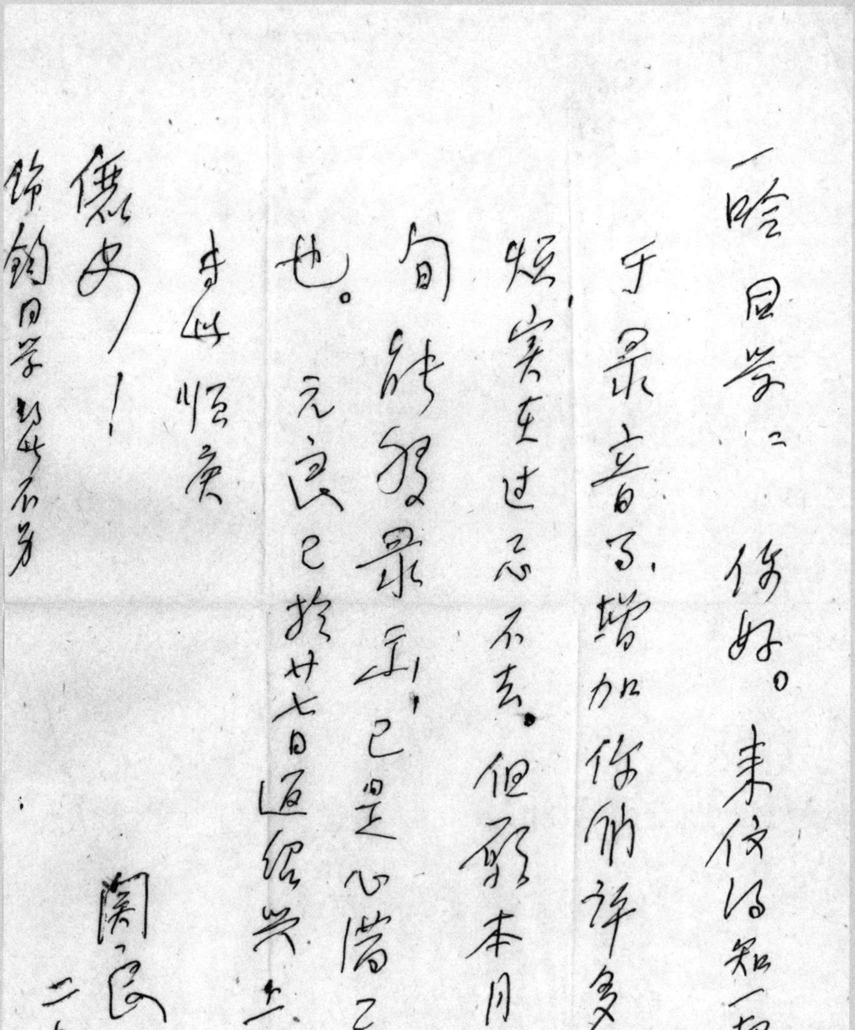

一吟同学：你好。来信得知一切。关于录音了，增加你们许多麻烦，实在过意不去。但愿本月中旬能够录到，已是心满意足也。元良已于廿七日返绍兴上课。

专此 顺候

俪安！

锦鹤同学 均此不另

关良

二日

一九八一年九月二日关良致丰一吟

施蛰存　3通

施蛰存（1905—2003），文学家、翻译家，华东师范大学中文系教授。

1

一吟同志：

钱歌川[①]寄来一文，是回忆尊大人的，转给你看看，有需要改动处，可以小有改动，你看后就请你介绍给任何一个刊物发表。

我是钱歌川的经理人，《世界之窗》、《文化与生活》、天津的《散文》，都已有他的文章寄出，未刊出，你不必寄给这些刊物了。

祝安好，并问候令堂老太太。

施蛰存

（1981年）3/11

2

一吟同志：

3/20函收到，钱歌川寄了好些文章来，要我找出路，我无法应付，只好分一篇给你，由你去谋发表处，一切听便。

钱兄早年亦留学日本，大约与尊大人在一起，故川端洋画学校之事，想必可信，我去信时当再一问，近来外国信件多，我花不起许多邮资，钱兄处，

---

① 钱歌川，散文家、翻译家。20世纪20年代即结识丰子恺，后交往甚多。1972年底移居美国。

只好二个月去一信，此事要搁一些时候。

去年你没有来梅陇镇吃饭，我以为你太客气，最近丁景唐[①]告诉我，原来你也和尊大人一样茹素，才恍然了解，以后我一定请你到功德林去吃饭。

茅公[②]逝世，海珠[③]不知是否已从武汉去北京，你如知道情况，望告知，我打了一个电报去沈宅致吊，还想托海珠送一个花圈。

手此候侍安。

令堂均此。

施蛰存

（1981年）4/1

3

一吟同志：

手书收到，知应国靖[④]已将尊大人书联带达，此联是1936年在杭州时，尊大人写赐，幸而留在上海寓所，抗战中未与松江所藏文物一起损失，胜利归来，只在亭子间中挂过几个月，“文革”期中，放在煤球间中，未被抄去，上月廿三日我出院回家，清理书物，方从报纸堆中捡出。我已病废，书籍文物，拟及早散去，故托应君奉赠，此物现在已属足下，可任凭足下处置，亦不必用我的名义。如得参加明年展出，我也有光彩，但恐怕须重裱，裱时要吩咐裱工，不要切去四边，因一般书画重裱，都是裱一次小一次，愈裱愈狭小也。

我回家已二旬，一切如在医院时，每日尚可写作三四小时，承关切，谢谢。

此问

起居安吉。

施蛰存

（1984年）10/11

---

① 丁景唐，文史学家，出版家。

② 即茅盾，茅盾于1981年3月27日去世。

③ 即孔海珠，茅盾内侄女。

④ 应国靖，文史学者，在上海社会科学院文学研究所工作期间曾编纂施蛰存等作家的研究资料集。

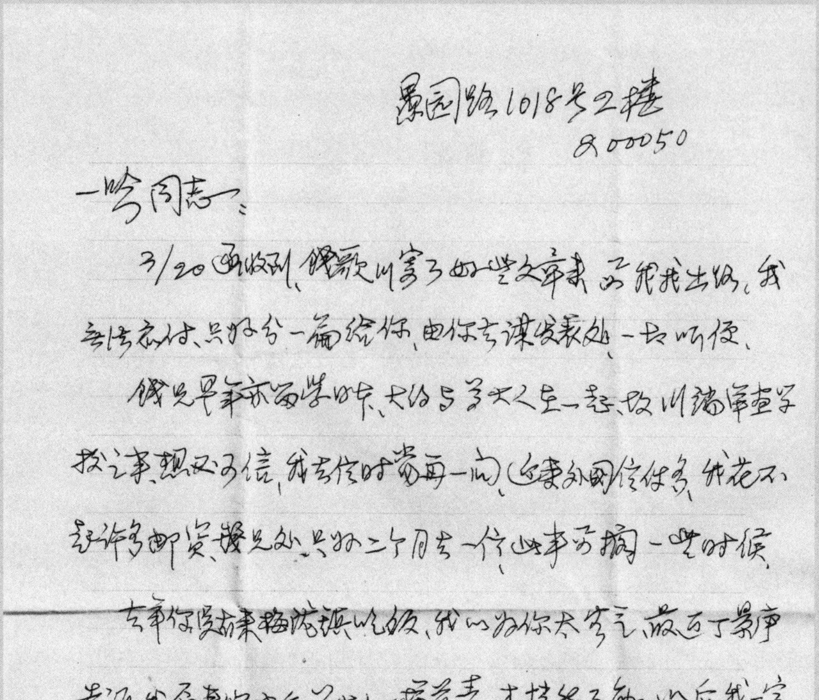
愚园路1018号二楼

200050

一吟同志：

3/20函收到，钱歌川寄了好些文章来，要我找出版，我无法应付，只好分一篇给你，由你去设法发表处，一切听便。

钱兄早年东留学时，大约与尊大人是一起，故以论笔查字换之事，想必可信，我去信时当再一问，近来外国信件多，我花不起许多邮资，援兄处只好二个月去一信，此事可搁一些时候。

去年你邀我来梅陇镇吃饭，我以为你太客气，最近丁景唐告诉我，原来你也和尊大人一样茹素，才恍然了解，以后我一定请你到功德林去吃饭。

茅公逝世，海婴不知是否已从武汉去北京，你如知道情况请告知，我寄了一个电报去沈宅致吊，还想让海婴送一个花圈。

手此候　侍安，

令弟均此。

施蛰存，4/1

一九八一年四月一日施蛰存致丰一吟

钱君匋 23通[①]

钱君匋（1907—1998），篆刻家、书画家。曾任开明书店编辑，万叶书店经理，上海新音乐出版社、北京音乐出版社副总编辑，西泠印社副社长，华东师范大学艺术教育系教授。在上海艺术师范专科学校求艺时，曾师从丰子恺。

1

恺师尊前：

半年来未曾问候，至以为念。生自三月间受领导上审查，至阴历端午节宣告弄清问题，结束已意兴阑珊，除赴公园游息外，未与外界接触。传闻有一内部画展，我师为生友素子画册首页所作之《卖花女》亦被陈列，此画册于今年春节中，托生之同事乐秀镐[②]（与程十发为同乡，极熟）带交程十发，作画后程受审查，此册遂被取去，所致生对此颇为耿耿，故迟未趋候，不知我师视生如何，深以为虑。如无他，待复到后，当趋聆教益。附纸两帧，系生友恳我师法书也。直幅上款，一为鹏里，一为沈琦（女）名，能在附函中附掷尤祷！专肃敬请！

钧安！

生君匋谨上　（1974年）十一月廿七日

① 钱君匋23通，其中2通年份无考，列于最后。另有致丰陈宝1通，按年份列于致丰子恺、丰一吟信札后。

② 乐秀镐，生卒年不详，上海人，画家、设计师。19岁时因高烧致聋，曾任上海文艺出版社编审，为程十发、钱君匋、刘海粟学生。

2

一吟同志：

我五月十一日出发去杭州举行书画篆刻展览，二十日回到上海，见美协有通知在十四日下午举行老师座谈会，我因不在上海，未能出席与会，万分遗憾！尚祈见原为幸！

在杭，我拜谒了弘一法师的舍利塔，百感交集，以后如有机会，将为文一写我胸中块垒。专此。即颂

近好！

君匋上　（1981年）五月廿一日

师母前请代叩安。学鼙、学綦嘱笔附候。

3

一吟同志：

十月七日寄下《桐乡文艺》五册，拜收谢谢！这一期为老师的纪念专辑，内容很丰富，值得仔细一读，惜我没有时间也来写一篇念纪文章为憾耳！

他日有暇，当写些回忆录，那时当就正我姊！专此。即颂

近安！

弟君匋上言　（1981年）十月十七日

师母前请代叩安。

4

一吟同志：

我于本月廿六日上午自西安飞回上海。今日接读大片，始知以前还有一

篇老师为我和徐菊庵[1]先生所写的展览会序言。这篇文章发表在当年的《申报》（丰一吟注：已知为《申报》1948.6.4），或《文汇报》，时间是1948年五六月间，不是发表在杭州的。写作的时期和发表的日期相距不远，至多约一星期左右。请按我所回忆的报刊一查，便可查到。当年还有《新闻报》《大公报》等日报，如上面两报没有，《大公报》可以查一查。专信。即颂

近好！

弟君匋手上　（1981年）十一月廿七日

5

一吟同志：

首先望望师母，请代叩安！

承惠此次所摄的扫弘一法师舍利塔的彩色照片一帧，谢谢！此帧可作为我不能去参加的补偿，当珍而藏之！明年如再举行，我只要没有病，一定参加。

前寄恺师印谱序言手迹照片，如喜爱，请留作纪念吧，我这里有原迹，已在装裱中。

除恺师为我的《君匋装帧艺术选》一书所写的序言外，新近还觅得了1928年左右为我写的《钱君匋装帧润例》的缘起，系查我所写的音乐作品，从《新女性》月刊上得来的，待我再复印一份送上，前面所说的序言，我也将复印奉赠。

如胡治均[2]同志来，请转言他的两方印已刻好，请他便中来取。我十六日至十九日不在家，请勿来。其余再谈。我的病现在已痊百分之九十九，堪以告慰！专此。即颂

---

① 徐菊庵，名容，号菊庵，别号淡香庐主、九百品斋主，晚号朽翁。浙江桐乡人，后寓硖石。善画人物仕女。曾为上海市文史馆馆员、浙江省文史研究馆馆员。著有《淡香庐诗草》《淡香庐日记》。

② 胡治均，浙江宁波人，丰子恺的学生和忘年交。

近好！

弟君匋匆上　（1982年）十一月十四日

6

一吟同志：

顷接四月八日大函，敬悉。前潘文彦[①]同志来时，我当在南京举行画展，未遇为怅，承彼赠我丰师年谱一册，甚谢！

闻师母近患严重疾病，不胜系念！望先为叩安，迟日当趋候起居。

承约相见，不胜欢迎，请于下星期三（四月十三日）枉驾，上下午均可，我当守候。十四日去绍兴出席《兰亭叙》写作1630周年纪念大会，约于二十日回上海，顺闻。专此。即颂

近好！

弟钱君匋上　（1983年）四月八晚

7

一吟同志：

前信谅可早到。十三日下午有追悼张大千先生的会，请大驾上午来如何？发前信时上海美协分会当未通知故也。专此。即颂

近好！

弟君匋上　（1983年）四月十晚

① 潘文彦，丰子恺学生，曾编撰《丰子恺先生年表》。

8

一吟同志：

此次力民师母[①]追悼会未能躬亲吊唁，深感失礼不安！万望海涵为幸！

绍兴我是19日回来的，这几天正出席上海市政协会议，要到廿七日才结束。本星期日（廿四日）下午休会，我在家里，尊驾是否有空，请驾临谈谈如何？我将与学犟于廿九日赴徐州开会，约五月五日左右回上海，顺闻。即颂近好！

弟钱君匋上　（1983年）四月廿三日

9

一吟同志：

六月廿六日及廿九日两教均悉，以忙于他事，迟复为歉！

殷琦[②]同志信早复勿念！俞绂棠[③]同志所要的材料当即寄勿念！

《小钞票历险记》一书，我完全忘了，所以说不是万叶[④]出版，看来还有很多书是万叶出而被我忘了，非常抱歉！

《我们的读书生活》一书是否万叶出版，我也忘了，如果子恺老师给我的信约200封都在，便可查了，但此项信件已被文艺出版社处理了，就难查考了。是否再问问别人？《进行曲选》的序是子恺师写的，我也忘了，教师节，为六月六日，不会错，我问了许多人，都说是这一天。

关于万叶书店写一篇东西，许多人都在催促我执笔，这次你也提出，我一定尽力为之，谢谢你的好意和督促！

为了编集老师文集的事，我是不怕麻烦的，请尽管来问，只要我知道，

---

① 即丰子恺之妻徐力民，于1983年4月10日去世。

② 殷琦，丰子恺研究者，曾与丰华瞻合编《丰子恺研究资料》（1988年出版）。

③ 俞绂棠，著名的音乐教育家、理论家和作曲家。

④ 即万叶书店，钱君匋等于1938年创办的出版机构，在音乐出版方面卓有成就。

一定据实奉闻。

我十日去曲阜参观，回来后还要到普渡[①]去一趟，顺闻！专此。即颂

近好！

弟君匋上言　（1983年）七月二日

10

一吟同志：

十一月四日手书，我七日经杭州回来始见，关于李叔同纪念室的开幕，在杭时已由杭之园林处的刘辉乙同志对我说过，定于十二日举行，但我十一月九日即赴桂林参加出版年会，所以十二日不能出席了，非常抱歉！

费新我画，由我题的弘一法师像，此次你裱好送去，很好。关于纪念室的陈设，要我提些意见，我一时提不出来，待将来拜谒后再提吧！如果这次需要我作画写字，请代接下来，我一定完成。对于李叔同纪念室，我一定要多出一些力，请你理解我。专此。即颂

近好！

弟君匋手上　（1983年）十一月七日下午

11

一吟同志：

一月四日大片敬悉。我正在发病中，迟复为歉！承询恺师的著作，回忆万叶所出版的没有《小钞票历险记》及《猫叫一声》《八年乱离草》三书，《小钞票历险记》一书记得恺师曾见赠，但抄家以后，当未发还，也不知能否发还也。余两书我没有见过。万叶出版的是《大树画册》《劫余画册》《毛笔画册》《色彩版子恺漫画》[②]及《率真集》，还有《漫画鲁迅小说》《中小学图画教学法》

① 普渡，即普陀。

② 即《彩色版子恺漫画选》。

《幼儿园音乐？》[1]《世界音乐家像传》[2]《音乐十课》《音乐知识十八讲》等。请洽。我今天病已豁然，请勿念。专信。即颂

近好！

弟君匋手上　（1984 年）一月十二日

12

一吟同志：

顷接杭州市园林文物管理局邀请信，嘱去杭参加李叔同纪念室揭幕典礼。我已回信，届时前去参加，你当然去的，是否九日动身？我和陈学鞶于九日上午六时左右的沪杭专车出发，顺闻。专此。即颂

近好！

弟君匋上言　（1984 年）九月二日

13

一吟同志：

六月二十八日手书奉悉。所附“缘缘堂简介”，恺师漫画计“办公室”“罗鼓响”“五娘娘”“三娘娘”等三页，地图，及误入的他人信一页。今将地图修正，屠甸位置画上寄还，他人信一封亦附还。地图上应有汽车公路，没有画上，现在公路可自上海到嘉善、嘉兴、濮院、桐乡、石门等地。桐乡至乌镇、屠甸、硖石亦有公路，请添入。别的没有意见了。

陈星[3]同志所需之字已寄杭州勿念。

缘缘堂说明书究竟定名为何？就叫“缘缘堂说明书”吗？或者叫“缘缘

---

① 即丰子恺译著《幼儿园音乐教学法》。

② 即丰子恺译著《世界大作曲家画像（附小传）》。

③ 陈星，1983 年毕业于杭州师范学院中文系，丰子恺研究者，现为杭州师范大学弘一法师·丰子恺研究中心主任。

堂简介”“缘缘堂”，请决定。

照片待寄下。先见赠的我当取出来研究一下，可用则用之。如另拍，请拍黑白片。此赵、唐的书画也拍黑白片，因为彩色片制版印刷均极贵。

照你来信的八项，分量已经很多，恐怕不能印成经折式了，既然如此，《在天之灵》印入亦无妨，反正要成为一本薄薄的书了。

时间不要紧，我二号到桐，四号回上海，还要设计一下，其余的到八号补下不迟。

如再有不尽之处，再通电话可也。专信。即颂

近好！

弟君匋手上　（1985年）六月卅日

14

陈宝同志：

顷悉民望兄[1]不幸以癌疾仙逝，非常哀悼！特奉函慰问，望节哀顺变，注意健康为祷！专此。即颂

夏祺！

弟君匋敬上

（1986年）五月十九日

15

一吟同志：

3月25日手书奉悉。

广洽法师处我马上具属向他申谢对艺术院的贺礼，并照你的提议的办法向法师婉言问候并暗示要来新加坡拜谒法师，总之，我一定办得妥贴。

---

① 即丰陈宝丈夫杨民望。

法师今年将应赵朴初邀请来北京参拜佛舍利，并去大同参观云冈石窟，将仍由你陪同，很好，届时必又要辛苦一番了，不知能到上海否？请见面时替我代为致意乃托。

关于画展事，我也知道可能沈先生与他的来信相左，此事听其自然吧，沈先生办好后，一定会告诉法师，那时法师一定会参加的。所以我心中不急，很明白是没有接上头的关系。谢谢你的关怀！专此。即颂
近好！

君匋手上　（1988年）三月廿八日

法师的原信附奉。请收。又及。

16

一吟同志：

前日治均同志来，已交广洽法师及晚先生字各一幅，今再书就日昆、家良两先生之字两幅邮奉，请与前日所交者一并代寄新加坡为托，有费清神，谢谢！专此。即颂
近好！

钱君匋手上　（1988年）十一月廿一日

17

一吟同志：

此次你打电话来，我脚痛不好走路，没有来听，非常抱歉！后来以精神不佳，上床睡了，也就没有再打电话给你，请原谅！此恺师九十寿辰我没有出席，非常遗憾！据胡治均同志言，此次纪念非常隆重而热闹，后元草兄[①]来，也谈起这种情况，我不在院，接待不周为罪！兹检抽斗，见恺师照片一张及

① 即丰元草，丰子恺二子。

印标多方，特函奉还，以备作别用。日来我身体仍然不便，主要是脚痛。专此。
即颂
近好！

钱君匋手上

（1988年）十二月五日

18

一吟同志：

前托令友带下尊写序文，已拜读甚佩。顷已复印一份留作自用，尊稿深恐有收集之用，特邮赵，请察收为幸。新加坡近有消息否？为念。专此。
即颂
近好！

弟君匋手上　（1989年）十一月三日

19

一吟同志：

九月十一日手书并大作《旭日东升》一幅，已妥收无误，第一，先要谢谢你！当即转去艺术院装裱。

艺术院征画，因为他们漏了请你了，实在有点失礼！现在幸好你发现了，立刻给赠一幅，非常感谢！此画画得很好！和先师一个样儿，非常不易，应当关照艺术院裱了挂起来，随后珍藏之。十月八日尊驾不能到桐乡，颇以为憾！是否挤一挤看，能挤出时间来就来吧！我们等着你。十月十日我在上海银河宾馆举行从艺七十年研讨会，会前有我的音乐作品欣赏，由上海乐团演出，曹鹏指挥，请柬后寄，因为没有印好，届时务请光临！祝
康乐！

钱君匋　（1992年）九月十四日

20

一吟居士：

前函早悉。写文章挨到今日始动笔，又写得不好，姑且寄上请正，其中时间、地点以及事情如有错误之处，请不吝代为改正乃托！专此。即颂

近安！

钱君匋上　1994，8，18日

21

一吟姊：

函悉。草书我也不怎么过关，其中有一个字不识，非看原作不行，这样一描，就难于识别了，你看如何？如看原作，我可以来你处一行，方便吗？

闻二月份你将去新加坡举行画展，很好，我非常赞成！祝你完全成功！我此次亦至新加坡，欲寻沈鸿生（文）先生不着，因不知地址，遍地打听都不知道，此次你去新加坡，一定可以碰见，如见，请代我索回一本照片簿子，此簿子上均为我的绘画作品的照片，前在新加坡印刷画册时作参考用的，如他不来看展览，是否你处有他的地址，烦你跑一趟，到他家去一取，如何？有烦了，谢谢！再谢谢！即颂

近好！

钱君匋　1995，1，14日

“”，照规矩是“冽”字，“冽”在此处不通。故不识。要看原作。又及。

22

一吟同志：

顷奉华函，敬悉，已转文史馆王国忠馆长，待有回音再奉闻。你去石门

谅已出发，此行必尽收春色之华丽也，可羡！即颂

近好！

君匋手上

四月十一日

23

一吟同志：

前寄上拙画及信，谅已收到。今来信奉告印明信片的事。丰先生的漫画用墨白（即单色）印刷，用国产双面铜版纸双面印，每套九张，外加套子，也印好，每套为 0.65 元，如需过油（即使纸面发光），另加一角五分。是印一万套的价格，印五千套不上算，一万套约为 6500.00 元（陆仟伍佰元），印彩色的每套为 0.80 元，请洽。承印的厂家为上海凹凸版印刷公司，质量最高。请考虑。专此。即颂

近好！

钱君匋手上

一月十四日

价格还可以商量减少一些。又及。

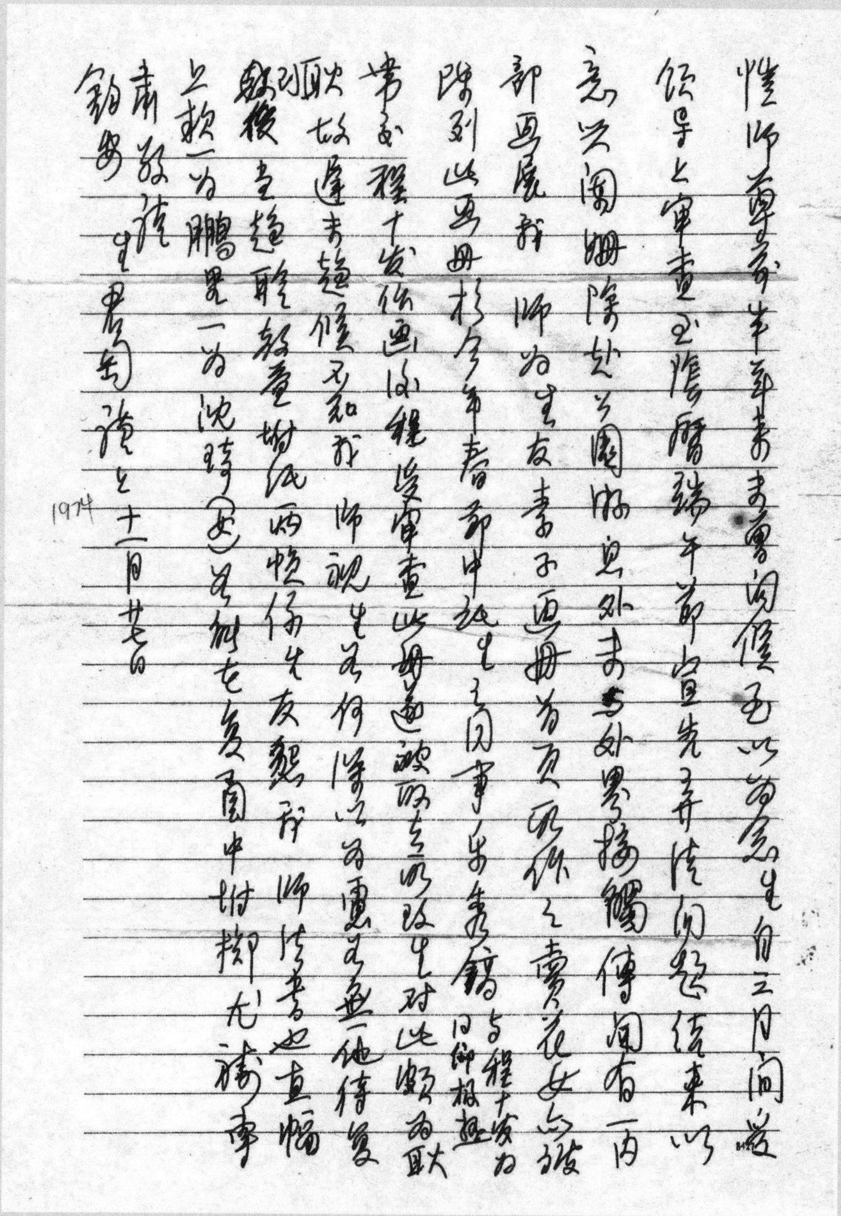

恺师尊前：半年来未曾问候，至以为念。先生自三月间遂
领导上审查黑画后，端午节曾先寄信问候，信来以
意兴阑珊，除此以外闭门谢客，未与外界接触。传闻有一丙
部画展，我师为其友李子画册首页所作之黄花女以被
牵列此画册，于今年春节中被上级因事牵累，钱（与程十发为旧作相连）
常与程十发作画，以程后审查此册遭破坏，故各界对此颇为默
默。故遭审查后，不知我师现在是何情况，为重点无他传达。
别后无趣，赠解画幛纸两帧，给先友恳我师法书四直幅，
上款一为鹏里，一为沈琦（女），如在百忙中拨冗，尤荣幸。
肃此敬请
钧安
生 君匋 谨上 十一月廿七日
1974

一九七四年十一月廿七日钱君匋致丰子恺

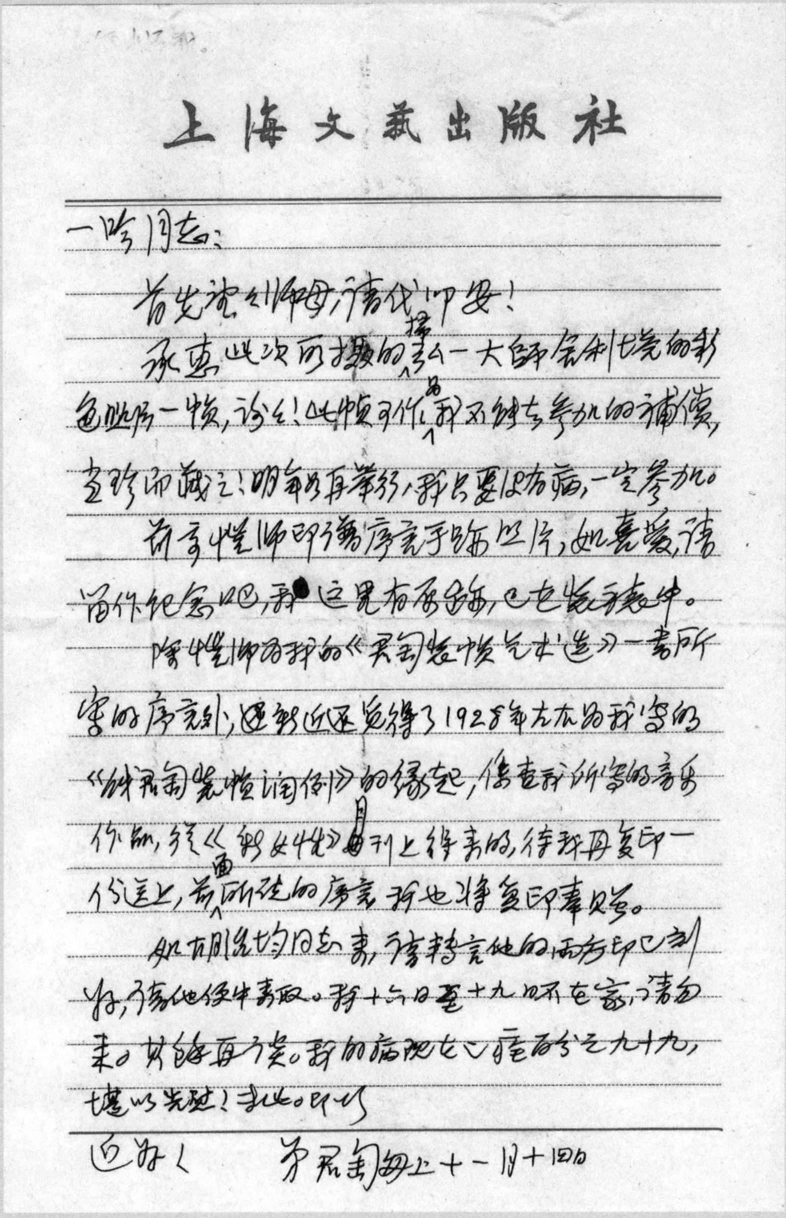

上海文艺出版社

一吟同志：

首先谢谢师母，请代问安！

承惠此次所摄的弘一大师纪念会的彩色照片一帧，谢谢！此帧可作为我不能去参加的补偿，当珍而藏之！明年如再举行，我只要没有病，一定参加。

前寄恺师印谱序言手迹照片，如喜爱，请留作纪念吧，我这里有原迹，已在装裱中。

除恺师为我的《钱君匋装帧艺术选》一书所写的序言外，还新近觅得了1928年左右为我写的《钱君匋装帧润例》的缘起，像是我所写的音乐作品，从《新女性》月刊上登出的，待我再复印一份送上，前面所述的序言我也将复印奉贻。

如有刚从均回来，请转告他的两方印已刻好，请他便中来取。我十六日至十九日不在家，请勿来。其余再谈。我的病现在已痊百分之九十九，堪以告慰！专此。即颂

近好！

钱君匋上 十一月十四日

一九八二年十一月十四日钱君匋致丰一吟

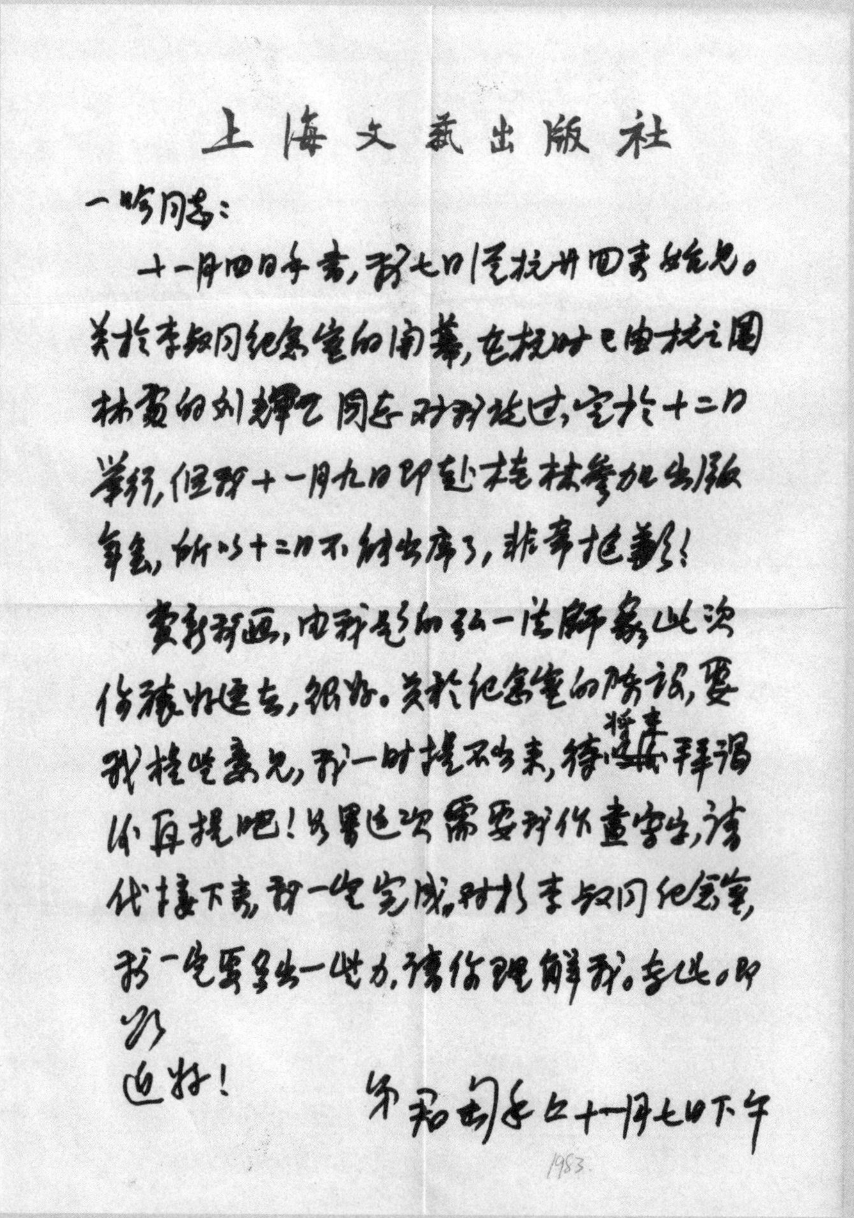
上海文艺出版社

一吟同志：

十一月四日手书，我七日从杭州回来始见。关于李叔同纪念室的开幕，在杭时已由杭州园林局的刘辉同志对我谈过，定于十二月举行，但我十一月九日即赴桂林参加出版年会，所以十二月不能出席了，非常抱歉！

黄新铭画，由我题的弘一法师像，此次你能收进去，很好。关于纪念室的陈设，要我提些意见，我一时提不出来，待将来开幕后你再提吧！如果这次需要我作画字，请代接下来，我一定完成。对于李叔同纪念室，我一定要多出一些力，请你理解我。专此。即颂

近好！

钱君匋上 十一月七日下午

1983

一九八三年十一月七日钱君匋致丰一吟

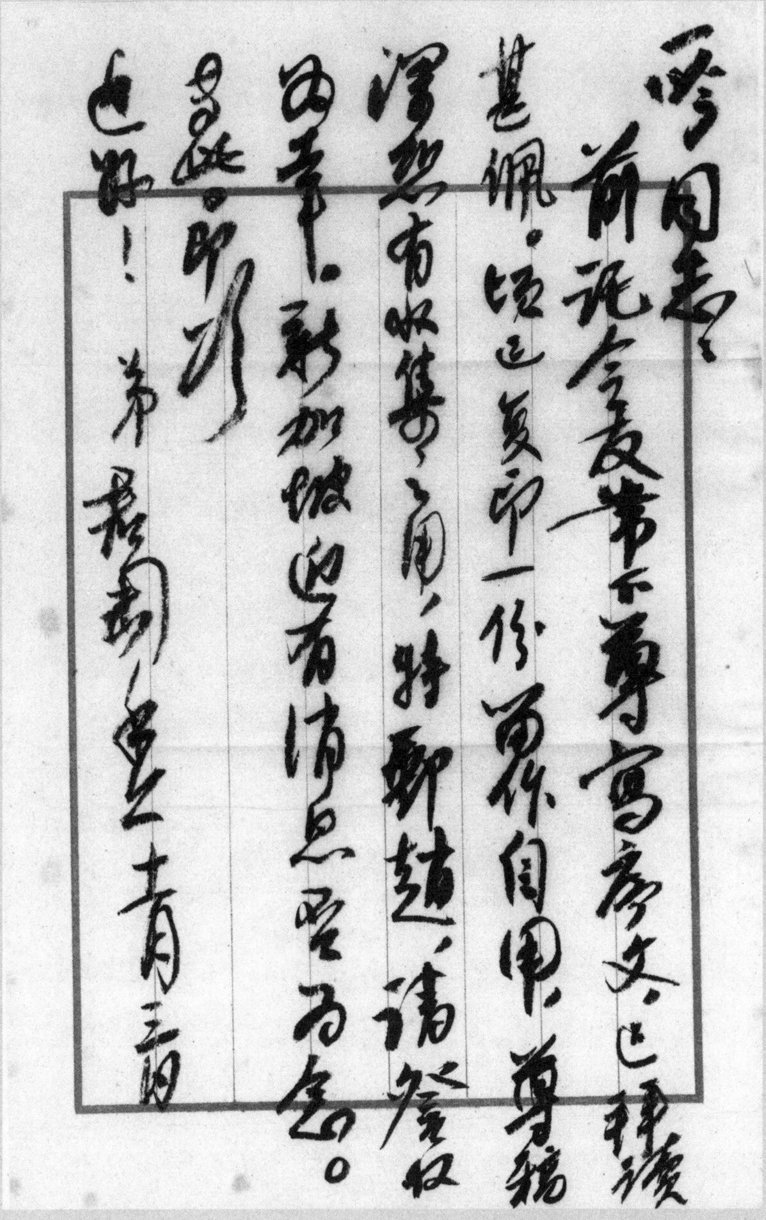
一吟同志：
前託令友帶下尊寫序文，已拜讀，
甚佩。頃已复印一份[illegible]，尊稿
[illegible]有收集[illegible]，特[illegible]，請[illegible]
[illegible]新加坡[illegible]有消息否為念。
專此即頌
近好！ 弟君匋上 十一月三日

一九八九年十一月三日钱君匋致丰一吟

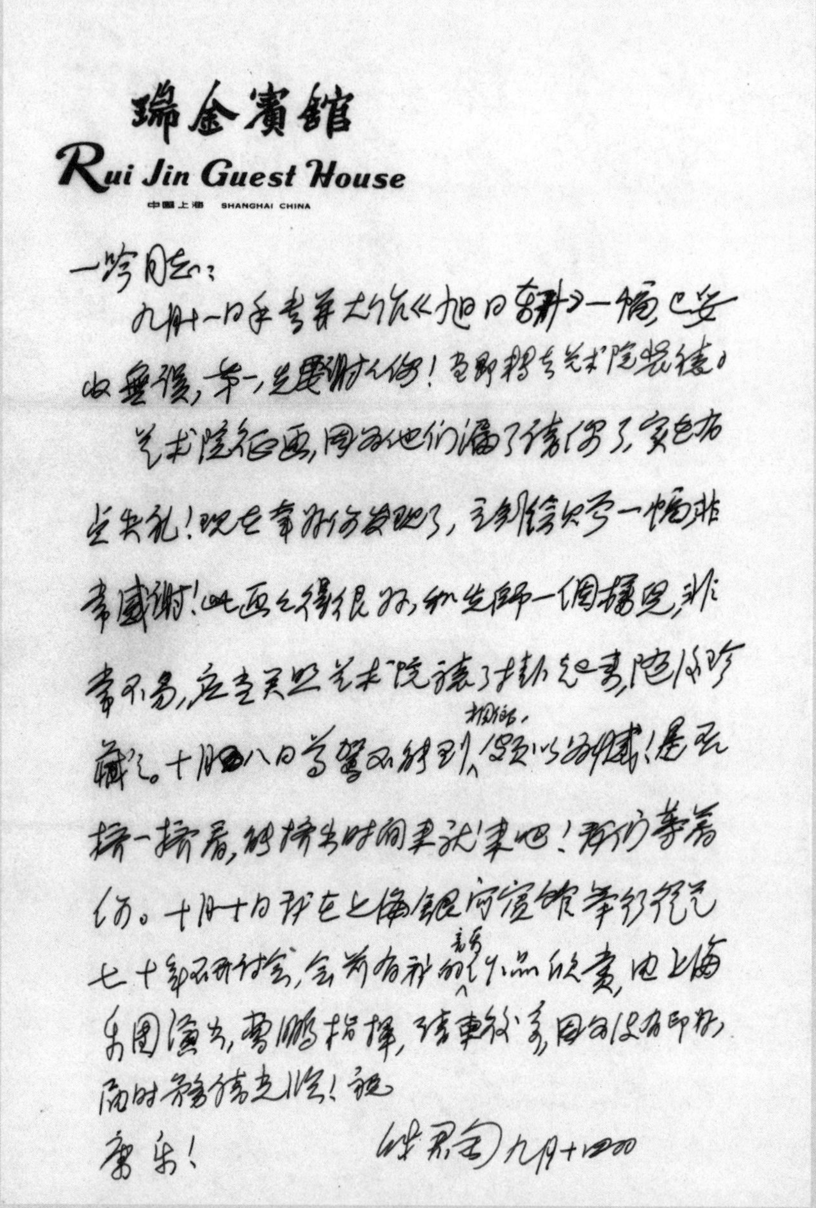

瑞金賓館

Rui Jin Guest House

中國上海 SHANGHAI CHINA

一吟同志：

九月十一日手书并大作《旭日东升》一幅已妥收无误，第一先要谢谢你！当即转去美术院收藏。

美术院征画，因为他们漏了请你了，实在有些失礼！现在拿了你的大作了，立刻给你写一幅非常感谢！此画画得很好，和先师一個樣兒，非常不易，应当交美术院裱了挂起来，随你珍藏之。十月八日前能收到，很以为憾！是否抽一抽看，能抽出时间来就来吧！我们等着你。十月十日我在上海银河宾馆举行纪念七十年研讨会，会前有我的新作品欣赏，由上海乐团演出，曹鹏指挥，请来参加，因为没有印好，届时务请光临！祝

康乐！

钱君匋 九月十四日

一九九二年九月十四日钱君匋致丰一吟

赵朴初　5通[①]

赵朴初（1907—2000），佛学家、书法家。与丰子恺相识较早，甚为投缘，对其诗画交融的漫画作品推崇备至，并对丰子恺漫画的结集出版多有关心。1984年，赵朴初得知缘缘堂重建的消息，即作贺诗一首："恺翁作画有殊征，笔下常存恻隐心。世界缘缘无有尽，三生松月庆堂成。"

1

一吟居士：

手书奉悉。遵嘱题书笺附上，请查收。知您将于十九日赴新加坡，不知此信能及时寄到否。您提到的那幅画，当然我是赞成送去展览的。

请代向广洽法师问讯，祝老人久住度生，并祝您一路平安。

赵朴初

（1987年）十一·十六

专笺已径寄刘雪阳同志。

2

一吟居士：

大函诵悉。承询昔年所书联语，已记不清楚。回忆曾集《法华经》句为联云：百福庄严相，一心安乐行。

---

① 赵朴初5通，其中1通年份无考，附于最后。

从前写此联赠大德法师者较多。阮是福严寺法师，则书此联，极为可能。即请斟酌是否采用。

桐乡佛协得仁者照顾，会务当能如法烦上，至可欣贺。

匆复，顺致

净安！

赵朴初

（1992年）十一月十四日

3

一吟居士：

大函收悉。广洽法师两个塔碑和对联均写就寄请转交。

我病住医院月余。病虽愈而体力恢复较慢，仍留院疗养。院中写字不太方便，涂鸦应命，不知合用否。

匆此，敬祝

健康，愉快！

赵朴初

（1994年）5.26

墓碑上，一般不盖名章，所以未盖章。

4

一吟居士：

新加坡佛教诸善知识为广洽法师圆寂征文纪念，兹撰拟一首寄上，敬希特致，为荷。顺致

暑安！

赵朴初和南

（1994年）七月十八日

广洽法师寂照

宗风嗣南山，化雨注南海。于病作良医，于迷启胜解。

神交结湛翁，妙绘扬子恺。塔波归故国，德范传千载。

赵朴初和南敬献

5

一吟同志：

惠书敬悉。遵属为李叔同纪念室写了一联，很不满意。但最近杂事太多，而又为腿脚肿痛所苦，只好先寄上，请看看能用否，如实不能用，请不客气见告，我可以再写。

与广洽法师通信时，请代致敬意。北京今冬无雪，室内有炉火，反比南方和暖。

匆此奉复，顺贺

春禧！

赵朴初

一月十六日

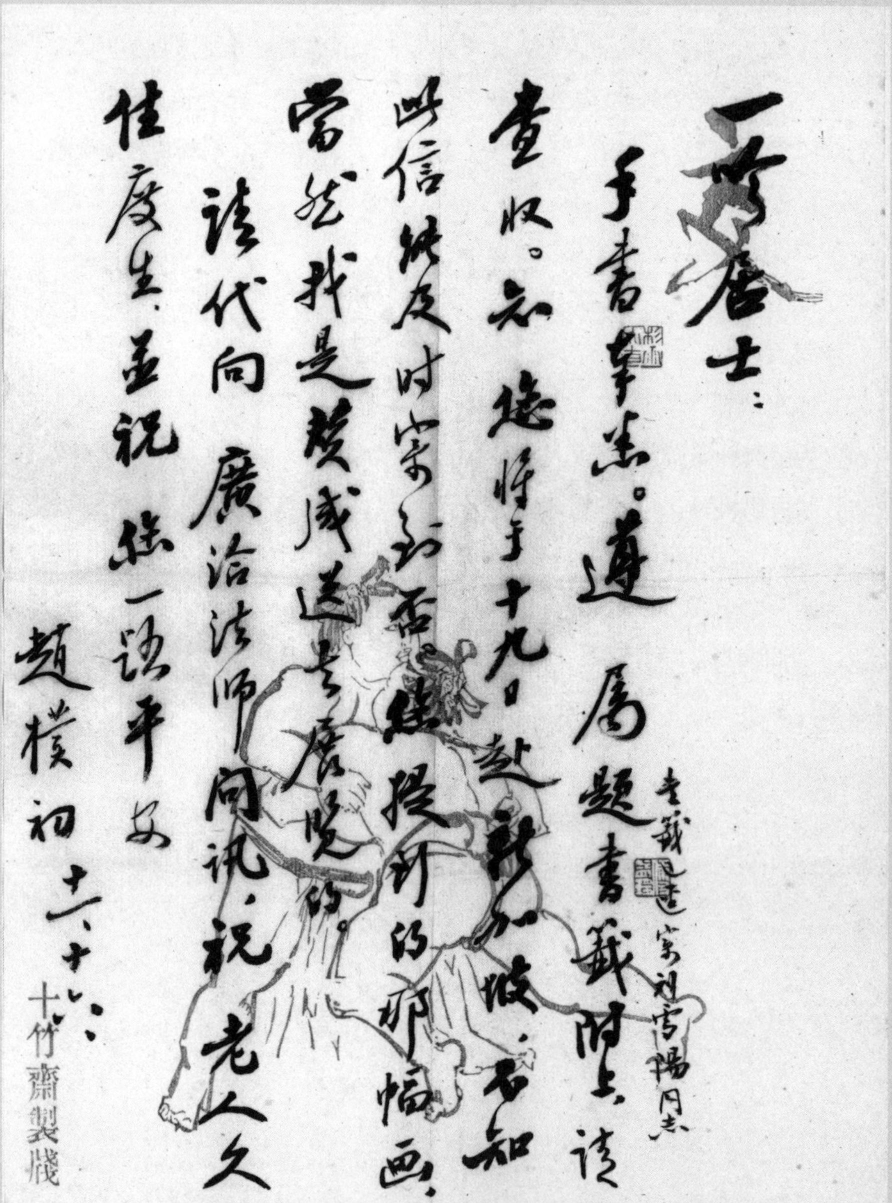

一吟居士：

手书奉悉。遵属题书签，附上，请查收。又，您将于十九日赴新加坡，未知此信能及时寄到否。能提前的那幅画，当然我是赞成送去展览的。

书签已迳寄刘雪阳同志

请代向广洽法师问讯，祝老人久住康生。并祝您一路平安

赵朴初 十一、十六

一九八七年十一月十六日赵朴初致丰一吟

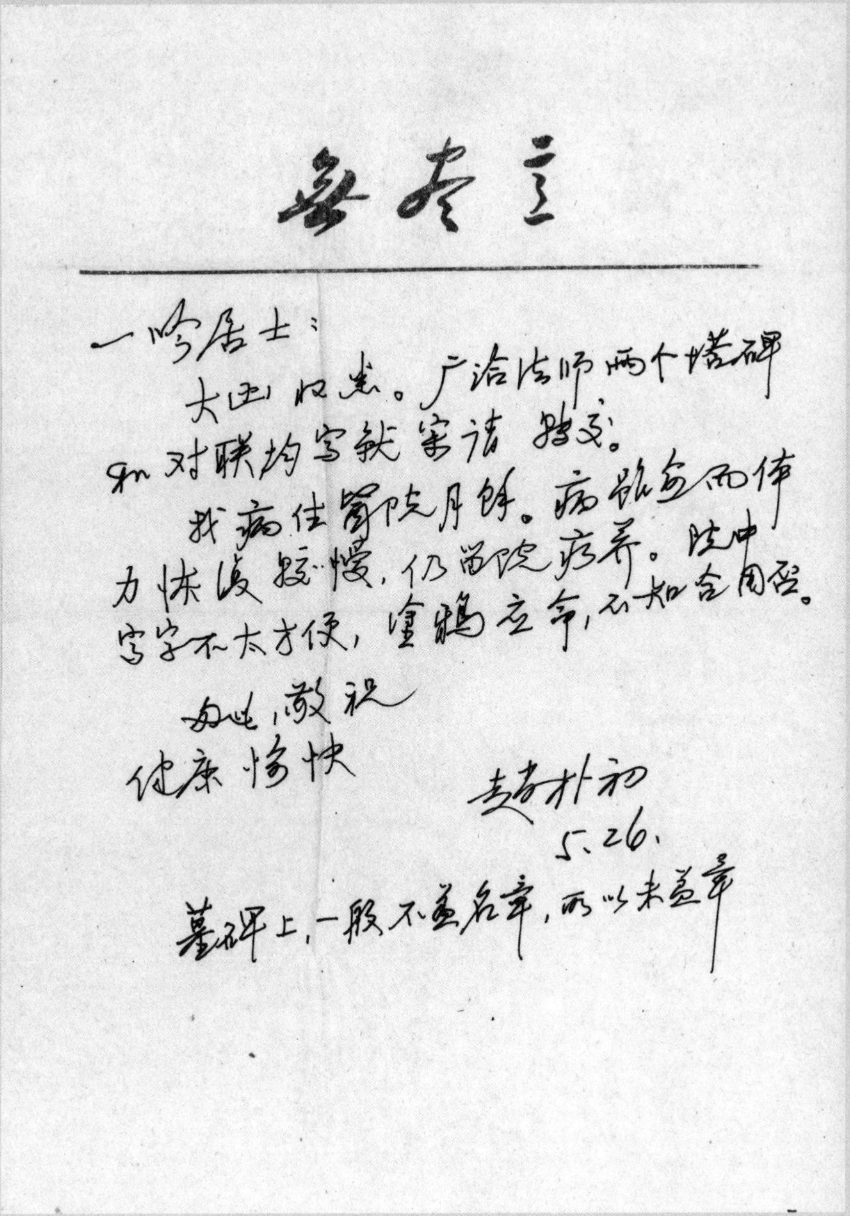

一吟居士：

大函收悉。广洽法师两个塔碑和对联均写就寄去。

我病住医院月余。病虽愈而体力恢复较慢，仍留院疗养。院中写字不太方便，塗鸦应命，不知合用否。

如此，敬祝

健康愉快

赵朴初

5.26.

墓碑上，一般不盖名章，所以未盖章

一九九四年五月二十六日赵朴初致丰一吟

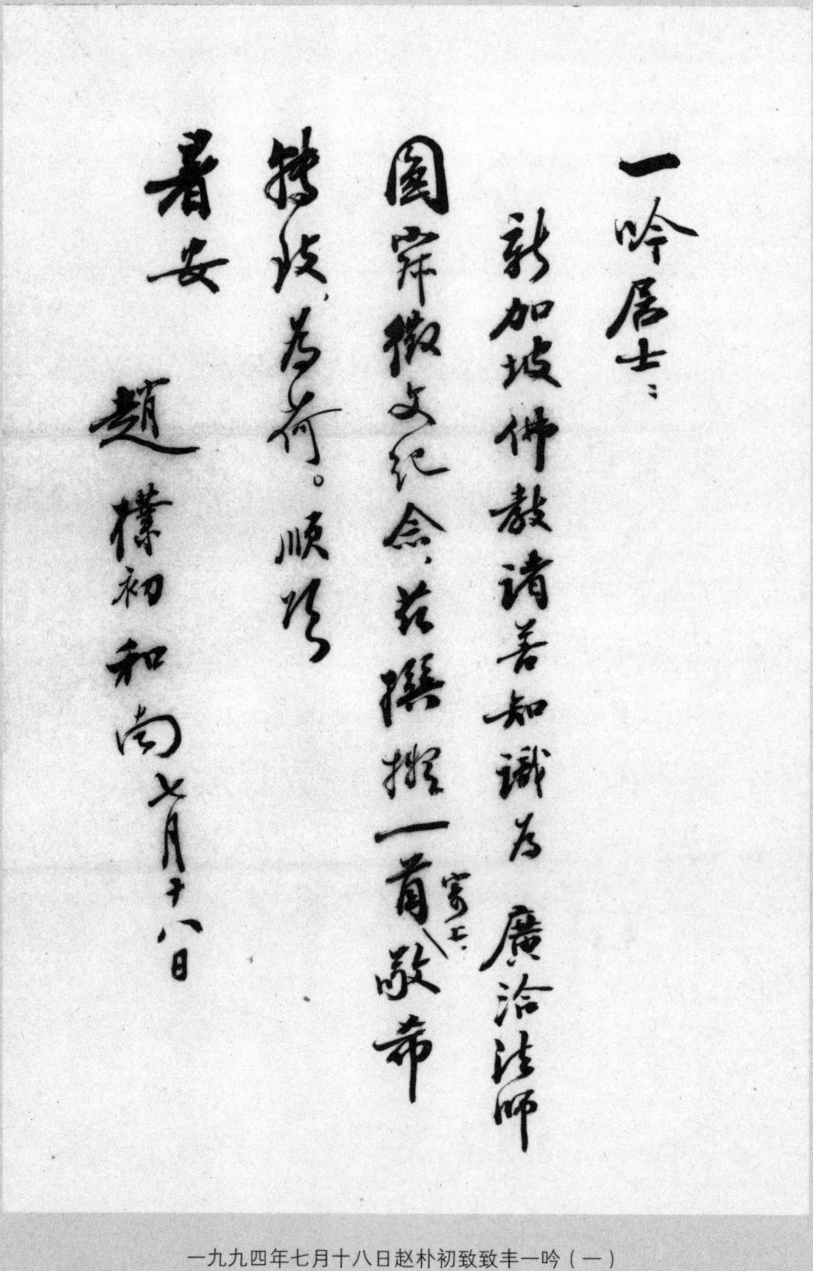

一吟居士：

新加坡佛教請善知識為　廣洽法師圓寂徵文紀念，若撰撰一首寄下，敬希賜復，為荷。順頌

著安

趙樸初和南　七月十八日

一九九四年七月十八日赵朴初致致丰一吟（一）

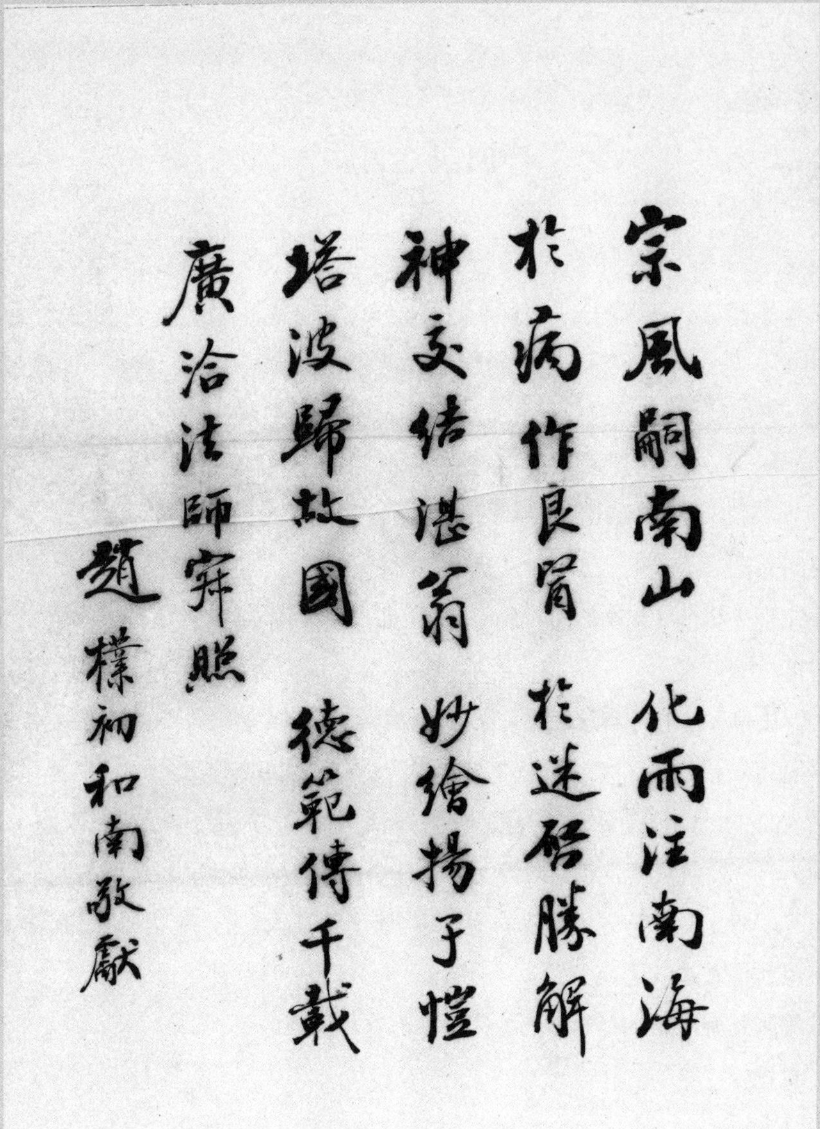
宗風嗣南山 化雨注南海
於病作良醫 於迷啓勝解
神交結湛翁 妙繪揚子愷
塔波歸故國 德範傳千載
廣洽法師審照
趙樸初和南敬獻

一九九四年七月十八日赵朴初致致丰一吟（二）

柯灵 2通

柯灵（1909—2000），电影剧作家、评论家。抗日战争时期，柯灵在沦陷区的上海编辑文汇报《世纪风》副刊，曾刊载丰子恺桂林来信。

1

一吟同志：

子恺先生的《歪鲈婆阿三》收到了，即当连大作《关于〈缘缘堂随笔集〉》寄香港《文汇报》。子恺先生的精神，很应该向海外宣扬一下。（我将把尊址告诉该报，俾和你直接联系。）

见寄三信抄件，（一）就是发表在《世纪风》里引起口舌的那一封，但受信人是谁，这信是谁拿给我发表的，已记不得了。（二）（三）两信，看信的内容、发信日期及我写答辩文章的日期、发表信的报刊（《世纪风》《鲁迅风》），肯定是子恺先生给我的信，不可能是给其他人的。可惜我编《长相思》时未想到收入这两信。

附来贴好邮票的信封奉还，完全不必这样周到的。

此祝

新春百吉！

柯灵

（1983年）2·10日

2

一吟同志：

《歪鲈婆阿三》已在香港《文汇报》刊出，兹寄奉。我已将你的通讯处告知该报副总编辑曾敏之同志，请他和你直接联系。如到四月中旬尚未收到稿费，请告知，当代催询。

祝

好！

柯灵

（1983年）3·4日

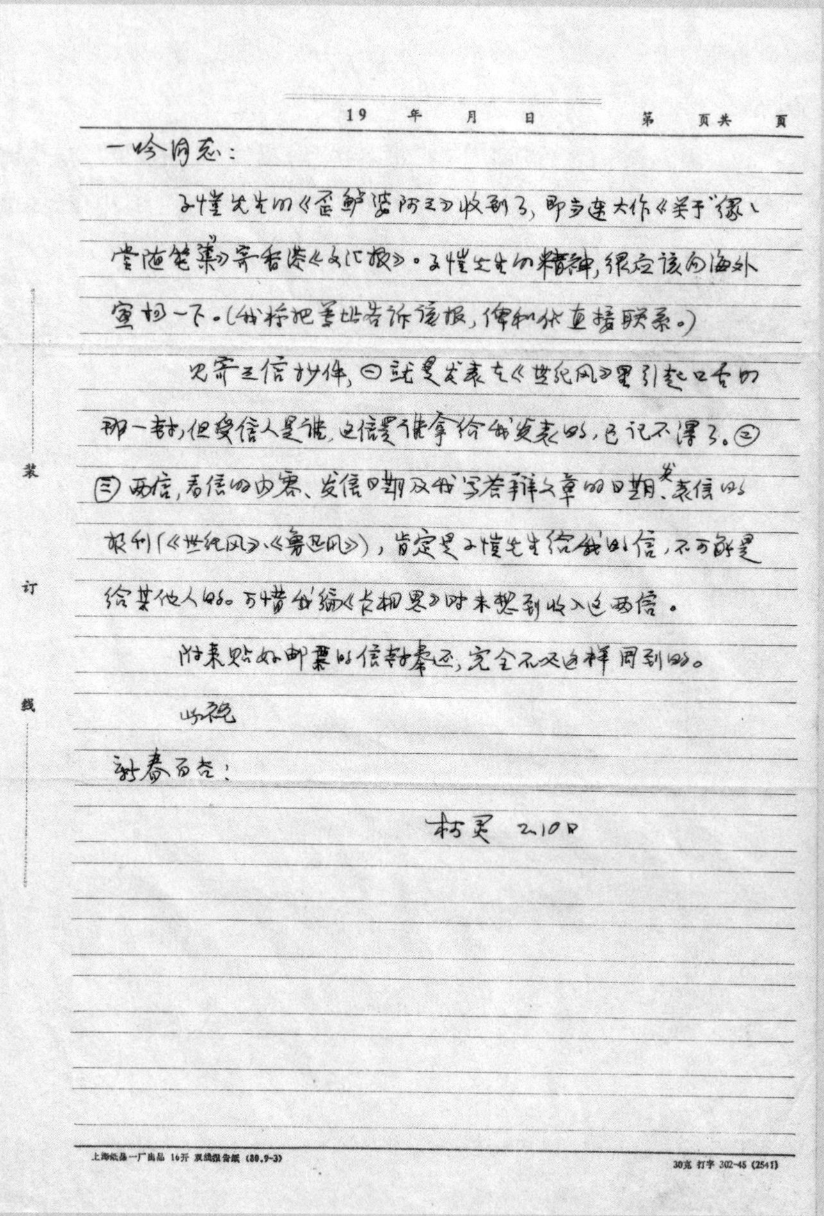

19　年　月　日　　第　页共　页

一吟同志：

子恺先生的《歪邮婆阿三》收到了，即与尊大作《关于〈缘缘堂随笔〉》寄香港《文汇报》。子恺先生的精神，很应该向海外宣扬一下。（我将把尊址告诉该报，俾和你直接联系。）

见寄三信抄件，㈠就是发表在《世纪风》里引起口舌的那一封，但受信人是谁，这信是谁拿给我发表的，已记不得了。㈡㈢两信，看信的内容、发信日期及我写答辩文章的日期、发表信的报刊（《世纪风》、《鲁迅风》），肯定是子恺先生给我的信，不可能是给其他人的。可惜我编《长相思》时未想到收入这两信。

附来贴好邮票的信封奉还，完全不必这样周到的。

此祝

新春百吉！

柯灵　2.10日

装　订　线

上海纸品一厂出品　16开　双线报告纸（80.9-3）　　30克　打字　302-45（2541）

一九八三年二月十日柯灵致丰一吟

赵超构　2通

赵超构（1910—1992），笔名林放，新闻记者，专栏作家，历任《新民晚报》总主笔、社长、总编辑。

1

一吟同志：

承赠《源氏物语》三卷，先后都收到了，一并致谢。

说起来是我多嘴了。一次和沈毓刚同志谈起子恺先生的事，我无意地说起某年在奉贤萧塘公社参观时，丰先生谈起这部“日本的《红楼梦》”，说如果出版一定送我一部。我料不到毓刚同志会把我的话传到您那里去的，当然也料不到您竟是那么认真。真的做到“父债子还”的。当然，既然承您厚意送来，我自然是十分高兴的。丰先生还亲手送过我一部夏目漱石的著作，现在还保存着，看到他的亲笔签名，常常使我想起那年我们在乡下闲谈的情景。收到您寄来的书和短信，我忽然又想起这些事情来了。这也是老年人爱翻旧事的通病吧。即此奉复

并祝

笔健！

赵超构

（1984年）六（月）廿八日

还希望您能多为《新晚》写点稿子。

2

一吟同志：

八十贱辰，承寄丰先生儿童画一册，十分欣喜。这画，在我做学生的时候都读过的，留下很深的印象，现在重新披阅，把我的年华推回几十年了。八十岁变成八岁了，复我童心数十年，真是很好的生日礼物。这几天正和四岁的小外甥一同读这一册儿童画。以前您寄赠的《源氏物语》也都收到了，一并致谢！

您说有篇千字文，已由代我拆信的同志转交给“夜光杯”副刊，虽然没有读过，但相信是会发表的。

专复。即祝

笔健！

赵超构

（1990 年）五月廿四日

林子青　1通

林子青（1910—2002），法号慧云，佛教学者，弘一大师研究专家。

一吟同志：

来信读悉。福严寺为明末清初名刹，当时高僧辈出。明崇祯间隐元禅师（日本黄檗宗开祖）曾任住持于此。今闻毁后重建，至为欣慰。该寺旧属崇德，今并入桐乡，不知仍属石门否？回忆缘缘堂重建落成典礼，得与洽老①同预盛会，今忽忽又数年矣。“大和佛堂”，朴老②误写为“六和佛堂”。幸尚保存，兹以奉寄，制匾时可将其中“佛”字略去可也。如斯胜缘，可谓不可思议。匆复，顺祝

暑安！

林子青

一九八九年七月八日

---

① 指广洽法师。

② 指赵朴初。

丁善德　2通

丁善德（1911—1995），音乐家，曾担任上海音乐学院教授，兼作曲系主任、副院长。丁善德曾应丰一吟之约，为丰子恺先生的《音乐入门》重印本作序。

1

丰一吟同志：

来信收到。得悉令尊大人遗著《音乐入门》将重印出版，很高兴，这对普及中国的音乐事业将起重要作用，我很愿意为此书的重印出版作序，请寄我一些有关材料为荷！此复，并祝近好！

丁善德

1989.8.27

2

丰一吟同志：

来信及材料收到已久，最近已将序言写好，寄上请审阅修改，如有问题，请来信或电话告知，此祝

近好！

丁善德

1989.10.15

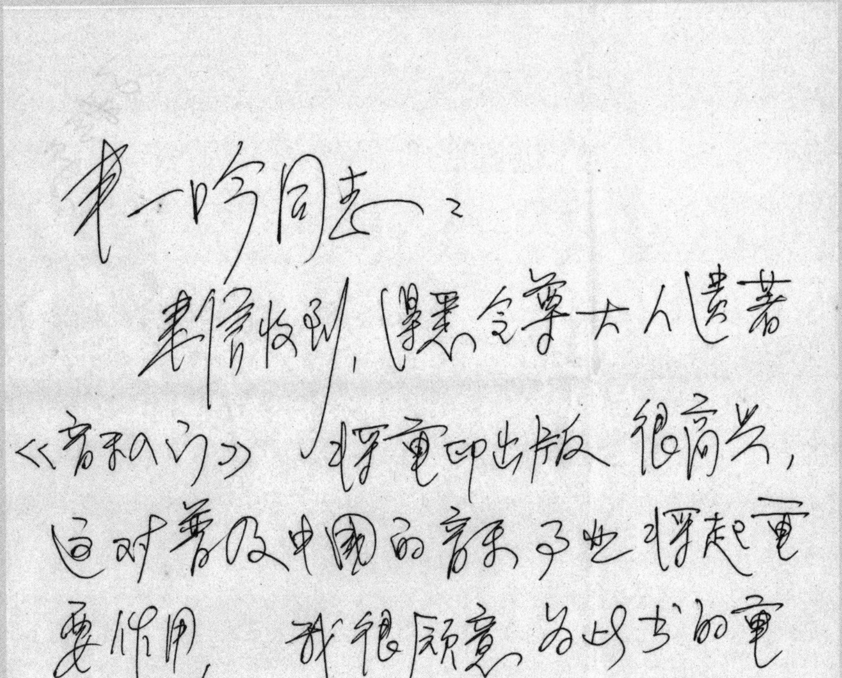

丰一吟同志：

来信收到，得悉令尊大人遗著《音乐入门》将重印出版，很高兴，这对普及中国的音乐知识也将起重要作用，我很愿意为此书的重印出版作序，请寄我一些有关材料备用！此复 并祝近好！

丁善德

1989.8.27

一九八九年八月二十七日丁善德致丰一吟

晓云法师　1通

晓云法师（1913—2004），毕业于香港丽精美术学院，早年师从岭南画派高剑父先生。1958年在香港出家。后到台北中国文化学院任教，并主持中华学术院的佛教文化研究所。1981年后驻锡永明寺，创办莲华学园、华梵佛学研究所、华梵工学院（后改制成华梵大学）。著有《印度艺术》《觉的教育》等书。

一吟居士慧览：

承寄大作，欣赏不已，真得乃父遗风，至佩至佩！忆当年拜阅子恺大画师作品时，想居士的未来婆娑世界。由于敬仰弘一大师，同时敬佩与钦羡令尊之福缘亲近弘大师。大作将刊《原泉》杂志第107期，届时寄奉一册请查收。前日假期马逊[①]教授曾陪同父亲到华梵工学院小住二日，亦欣悉蔡居士为筹划丰画师之展出，想必顺利妥办，让此间同好一饱眼福。居士来台时当表欢迎。专此敬复，并颂

艺祺！

晓云合十

（1991年）四月十二日

① 马逊，前华梵大学校长，出家后法名隆迅。

王西彦　3通

王西彦（1914—1999），作家、文学教授。

1

一吟同志：

潘文彦同志想已来沪。我很想和你们谈谈，交换一些写纪念文章的意见。哪天有空，请你约文彦同志一起到我家一叙，好吗？每天下午三时以后，我多半在家。

匆匆，祝

好！

王西彦

（1979年1月）二十三日上午

2

一吟同志：

信稿都收到。

稿子[①]写得很好，有不少感人的地方。我读后也有些意见，等你来时面谈。

我的稿子[②]已快写完初稿，和你的写法不同，带点议论。等修改誊清后，

① 指丰一吟作《回忆我的父亲丰子恺》一文。

② 指王西彦作《辛勤的播种者——记丰子恺》一文。

当请你提意见。蒋九霄[①]同志已来信催稿，我想反正中旬总可以交给她们了，不会有耽误。

不知道你处有无丰先生在上海市二次文代会上的发言稿？我只记得一个大概，很想看看全文。又，丰先生那些被诬为“毒草”的漫画，如你手头有时，也希望给我看几张。

匆覆，祝

长安！

王西彦

（1979年2月）九日下午

3

一吟同志：

来信收到。

蒋九霄同志曾来我家商量把我们两篇文章作些修删，以求字数能和集中其他文章大致平衡。我想，既两篇一起刊用，的确可以作些修删，表示了同意。有些文字上的问题，还可以在校样上再斟酌。

广州《花城》文艺丛刊来电报要发表《辛勤的播种者》，我已把底稿寄去，并在每段前面加了小题，全文完全未加修删。丛刊创刊号下月中旬可印出。

知道子恺先生将举行骨灰安放仪式，很高兴。这类事情，不能听之任之，要向有关方面争取。

匆覆，祝

好！

王西彦

（1979年）三月廿九日

下月初我将乘长江轮到武汉小旅，来回约十天，中旬可返沪。

---

① 蒋九霄，时任上海文艺出版社责任编辑。

华君武　7通

华君武（1915—2010），漫画家。

1

丰一吟同志：

惠书早到，一是我正沉溺于文山会海里，在挣扎中；二是我在考虑如何“对付”你的来信，迟复请谅。

我早以为丰先生之缘缘堂门口要我写字，所以辞之极坚，现在好像不是这样，写些留念、纪念的一些话，好像轻松一些，也可以说些后辈的话。

至于出的那本书，书名是什么，盼见告，我也希望知道书中关于丰先生译著书目、生平和创作的内容，以便我考虑。当然写丰先生的人必大有人在，因为丰先生绝不仅仅是一个漫画家，所以我绝不受“生米煮成熟饭”之威胁，因为我本身就是一种二十世纪之夹生饭，但如果我了解了一些资料后，我将会自动煮饭或变成稀粥。

子恺先生的著述和译作目录，我尤其想知道。

好像我和你的哥哥是同在团泊洼干校，一是不熟，二是我当时是“中央专案”，因此彼此之间都是“面孔铁板”，现在想想也甚可笑。

我甚悔五十年代去看你父亲的次数太少。

那时你父亲的住址已记不清是否在石门一路，盼示。

匆匆，即祝

夏安！

华君武

7/7/84

2

一吟同志：

为作序事，几乎压了我两三个月，因为我实在不会写这类序文；再则深刻理解先生的人大有人在，羞感自己之浅陋；三则今年实在忙得可以，要整党、要筹办六届全国美展和文代会和美代会。一回家又是来人又是电话，我怕完不成任务了，着急得很。

我八月底到杭州，开了两个会，幸好飞机班机的时刻给我有两天空闲时间，住在西湖花家山宾馆。离闹市远，来看我的就少了，因此写了这篇不像样的短文，只好厚着脸皮交差了。不妥处请你修正，实不能用就丢进字篓好了。

同行的有《美术》月刊编辑，他们想用这篇文章，我说这要征求你的意见才行，不知你同意否？

再嘱写缘缘堂，是只写三个字？还是可以在旁边写几句？盼示。祝安！

华君武

6/9/84

3

一吟同志：

昨日去一函谅已达，我也在想你恐又出去了，可见你之忙碌。

我在你抄来的稿上，又改了两处：

1. ……可以看出先生文学上的高度造诣，也深感先生工作之韧性（原为毅力，与末句重复）。妥否？

2. 谈丰先生漫画的第二点，最后一句，“否则也无众普及”（应为从）。

此文已定在《美术》十一月号发表。

我 26/9—6/10 将去湖南、苏州、南京，将掠过上海。上次到上海参加文代会是硬派的公差，我实在不愿也不会干这种行当。即祝

近好!

华君武

22/9/84

缘缘堂为此写，我就自由了，顿释重负。又及。

4

一吟同志:

示敬悉。十分不好意思，事隔多年，偶然想起，不知是否有误，请查一下，不要错怪别人，但因未收到，老是缠在心里，我今年也七十六岁了，常常想起丰先生。

谢谢你寄给我那本书，如果在四月二十七日寄来，我就要到五月下旬才能函复致谢，因为我要到四川去开个展。专此，即祝

安!

华君武

一九九一年四月十八日

去年在沪举行个展，未悉尊址，不能请你，乞谅!

5

一吟同志:

昨日奉一函，不想今日书已收到，甚感！书的封面装帧都很大方，益证我没有看到这本书，昨日写信还怕我老年糊涂，可见学林出版社之马虎，务请你写信给他们将应送我一本书交给你（我不需要两本）。

看了一遍我写子恺先生的小文，又使我想起他，我还觉得我的文章还是出自我内心的，非时下那种捧场和借捧人抬自己的文字可比。（有点自吹？）
祝健！

华君武

一九九一年四月十九日

6

丰一吟同志：

收到《潇洒风神》，谢谢。当慢慢拜读。

此次纪念活动，时间太短，未得机会一谈。本来是一种文化的活动，但有了官气就得事事听安排。许多慕名想来的漫画家，都被拒之门外，实在有点遗憾。

我今年也八十四岁了，外出半月，也感到累了。现在还在还外出后的各种文化、信件的债。

专此。即祝

冬安！

华君武

29/11/98

7

丰一吟同志：

谢谢你送《爸爸的画》两册。

我还在养伤，但可以到院子里走走。

北京大热，39℃！

安！

华君武

15/6/2000

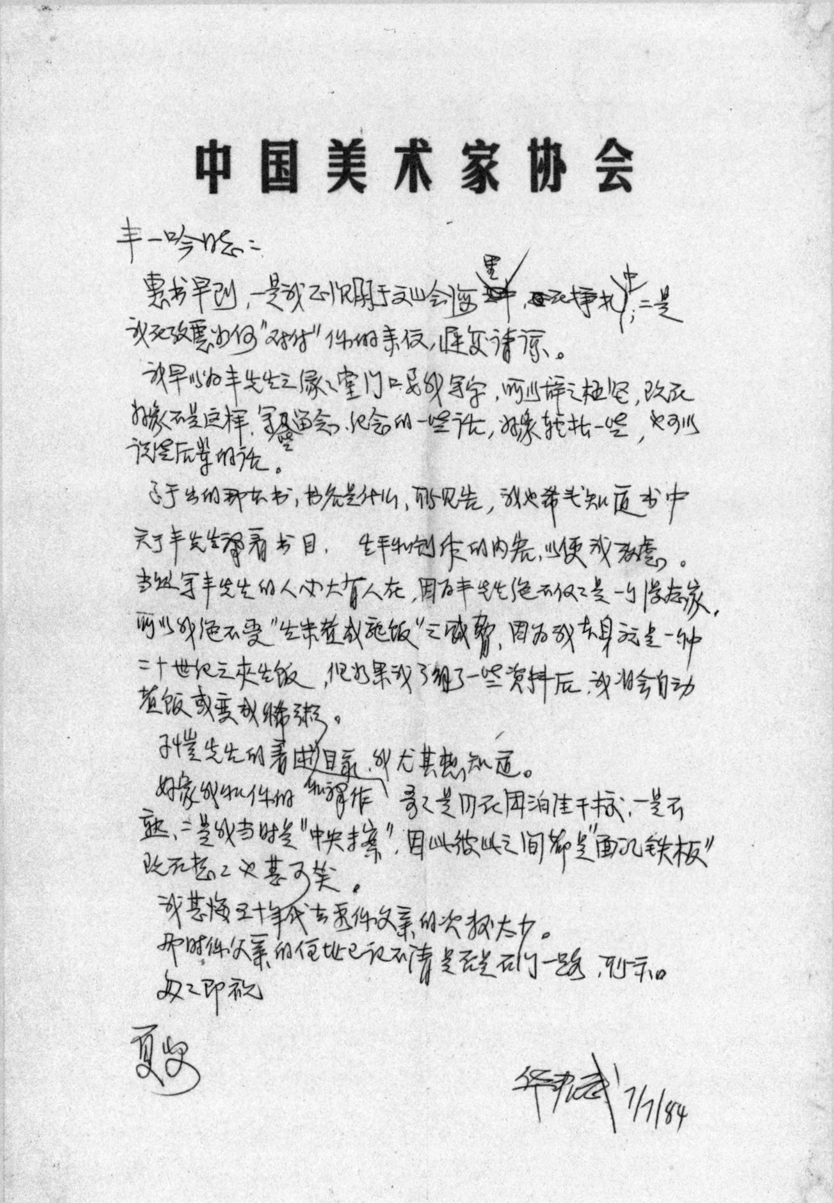

中国美术家协会

丰一吟同志：

惠书早到，一是我不停期于文化会议中忙于事杂；二是我无法要为你"对付"作相关承诺，迟复请谅。

我早些为丰先生之缘缘堂门口写的字，所以简之极短，改成好像不是这样，写得留念，比较好的一些话，好像较长一些，也可以说是后辈的话。

至于出的那本书，书名是什么，可以见告，我也希望知道书中关于丰先生的著作目录，生平和创作的内容，以便我参考。当然写丰先生的人必大有人在，因为丰先生绝不仅仅是一个漫画家，所以我绝不要"先来煮我饭"之感觉，因为我本身就是一种二十世纪之夹生饭，但如果我看了一些资料后，我将会自动煮饭或要我稀粥。

子恺先生的著作目录，我尤其想知道。

好像我和你的合作，一是因我周旋于干扰，一是不熟，二是我当时是"中央委员"，因此彼此之间都是"画风铁板"，改不起来也甚可笑。

我甚悔五十年代去画你父亲的次数太少。

那时你父亲的住址已记不清是否是在们一路，刚示知。

匆匆即祝

夏安

华君武 7/7/84

一九八四年七月七日华君武致丰一吟

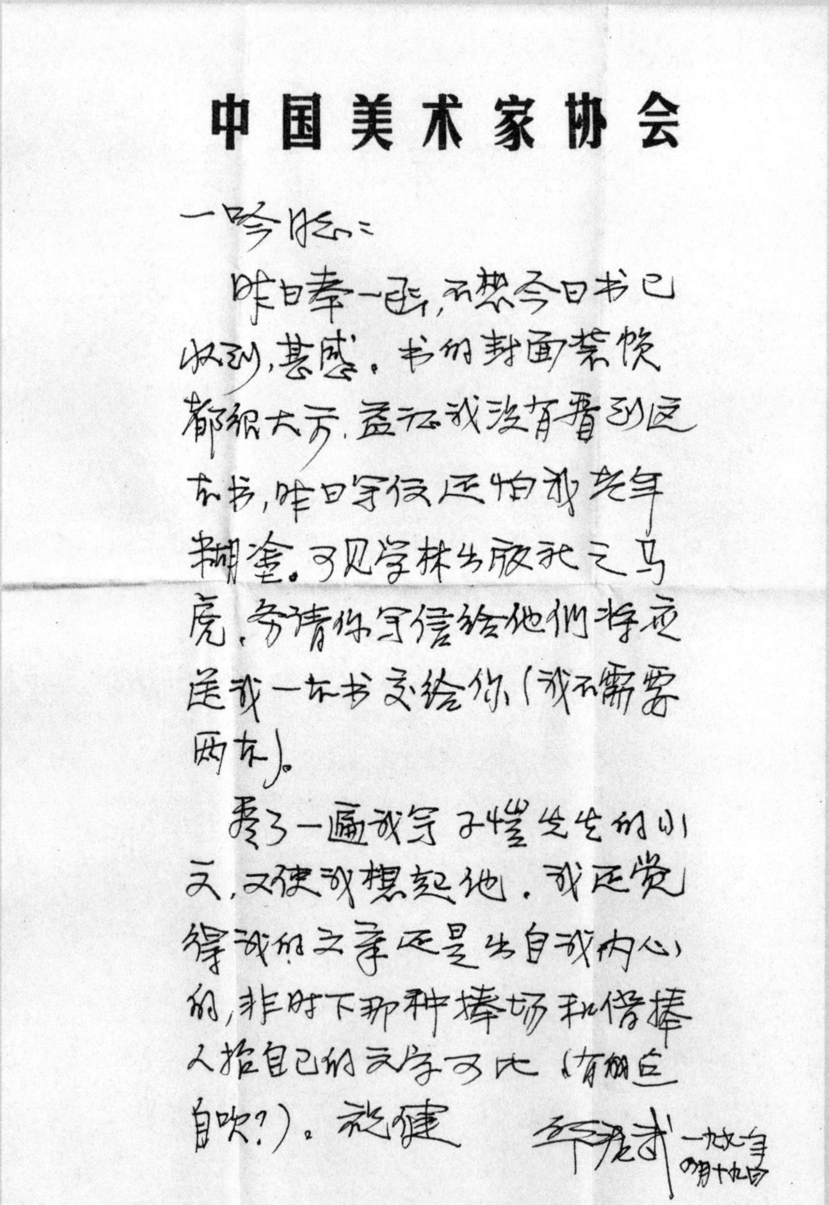
中国美术家协会

一吟贤姊：

昨日奉一函，不想今日书已收到，甚感。书的封面装帧都很大方。盖以我没有看到这本书，昨日写信还怕我老年糊涂。又见学林出版社之马虎，务请你写信给他们将应送我一本书交给你（我不需要两本）。

看了一遍我写子恺先生的小文，又使我想起他。我还觉得我的文章还是出自我内心的，非时下那种捧场和借捧人抬自己的文字可比（有点自吹?）。祝健

华君武 一九九一年四月十九日

一九九一年四月十九日华君武致丰一吟

真禅法师　1通

真禅法师（1916—1995），中国佛教协会原副会长。

丰一吟居士：

大札已收阅。关于广洽大师圆寂周年纪念，我已撰有一文，托潘文彦先生寄去新加坡，不必用《上海佛教》发表之文。这里另寄题词一纸，请你转交。

时届中秋，天气忽冷忽热，望多保重身体。专此奉复

敬颂

六时吉祥！

真禅

94年9月16日

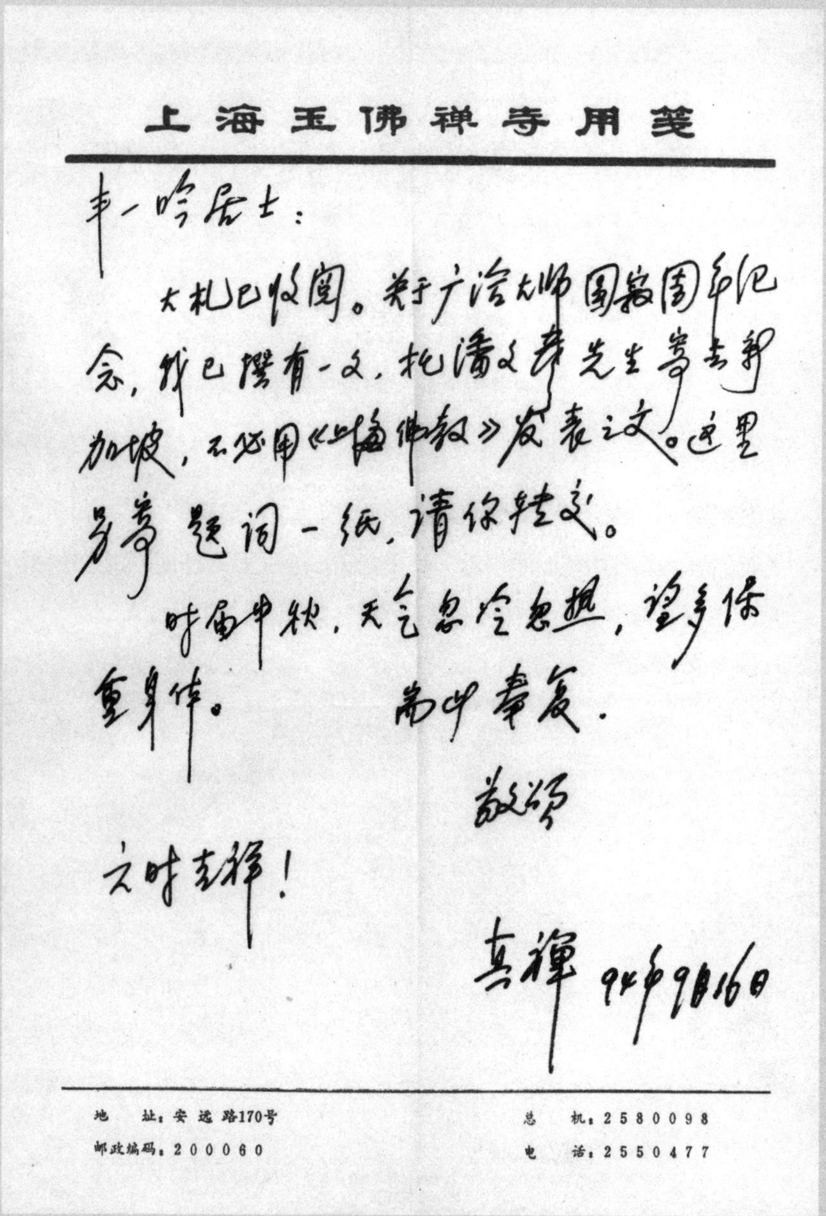

上海玉佛禅寺用笺

丰一吟居士：

大札已收阅。关于广洽大师圆寂周年纪念，我已撰有一文，托潘文彦先生寄去新加坡，不必用《上海佛教》发表该文。这里另寄题词一纸，请你转交。

时届中秋，天气忽冷忽热，望多保重身体。常此奉复，

敬颂

文时吉祥！

真禅 94年9月16日

地　址：安远路170号　　总　机：2580098

邮政编码：200060　　电　话：2550477

一九九四年九月十六日真禅法师致丰一吟

文学禹　1通

文学禹（1917—2003），湖南省澧县人，抗战时期在贵州遵义教官班，曾与丰子恺有交流。1949年赴台湾，退役后转任公路局专员。

陈宝、一吟女士：

弟喜令尊的画，是远在一九四〇年客居贵州遵义时，那时令尊浙大任教，弟则为步兵学校教官，每每晤面，又匆匆离别，未能获有长时间聆听教诲，迄今引以为憾！此后随步兵学校由南京、湖南、广州、海南至台湾，长途跋涉，携带一些画册极感困难，幸承友人协助，未能将手边资料全数散失。弟觉尚属珍贵，早欲整理出书，限于海峡两岸政策有异，且以印刷费昂贵，实非弟所能负担，几经波折，故延迟多年始乃如愿[①]。出书前弟曾函请广洽法师代为一序，但先后两函，均未能获复，故书首仅有弟三位喜爱令尊画□老友简短的引述与弟一段经过的说明。

客岁三月，弟应《新中华》季刊之约，写了一篇“稿本读后”，内中除了对弟作了简短介绍外，并将令尊晚年情形也略为说明，惟以在台所集资料有限，不知内容合适，特剪原刊附上，请予斧正。

今年春天友人华君至上海探亲，曾请便中赠送令兄华瞻先生一册，已蒙函复。弟四五月间亦至湖南探亲，道经香江时，蒙玮銮[②]教授至友人处晤面，畅谈甚久，并承将新加坡令尊画展资料相赠，弟便中也赠了拙作小画一幅，请玮銮小姐纪念。返台后美国的一位友人，剪了纽约《中报》一吟女士写的

---

① 即《丰子恺漫画文选集》（文学禹编），渤海堂文化事业有限公司 1987 年出版。

② 卢玮銮介绍见《卢玮銮》。

一篇《回忆父亲丰子恺》大文，拜读留存。

海峡两岸目前已就探亲、经济、文化、艺术等等各方面，寻求交流与突破，弟如有机会再返大陆时，定当踵府拜晤也。

专此，即颂秋安。

弟文学禹拜上

一九八八，一〇，三〇

一、信封上按规定彼此都不写寄信人地址，只书“内详”两字。

二、十月十五日大函，十月廿七日收读。

又及。

林海音　6通

林海音（1918—2001），台湾女作家。著有小说集《城南旧事》等作品。

1

一吟女士：

请恕冒昧。月前收到由孙淡宁[1]女士的女儿马逊教授寄来的竹雕刻，是叶瑜荪[2]先生送我的，远道寄来这样精致的艺术品，而且是特别为我刻的，真使我佩服又感激。马逊告诉我一些有关叶先生的艺术工作情形。我问马逊怎样和这位叶先生通信向他道谢，并且我也写了一小段文在台北的“中央日报”上。马逊告诉我可寄由您转，麻烦您代转好吗？我也希望再收到叶先生的来信。兹附刊出报刊及致叶先生函一件，就都麻烦谢谢了。

谨祝

文安！

林海音上　台北

一九八九年十月廿五日

又，我十一月赴港一周，届时当带一些书由港寄奉。海音又及。

---

① 孙淡宁介绍见《孙淡宁》。

② 叶瑜荪，桐乡人，竹刻艺术家。以擅刻丰子恺书画著称，曾任桐乡丰子恺研究会会长。

2

一吟：

自从去年十一月十七日收到你的信后，就没给你回信，真是抱歉，因为这半年多来，我忙编印外子的文集[①]共26巨册，忙得我六亲不认，不接电话，不回信，终于在外子八十岁生日（12月23日）前出齐了书。书出了，“后遗症”也还有些，所以忙到现在才腾出的几天功夫，专门回信，你说惨不惨？外子八十岁生日也是我们结婚五十年，双重喜事之下，就有一个热闹的会，子孙们也从海外回来（我们子孙全在国外，只有二老在台），照了一些“美丽的”照片，寄奉两张送你，一张全家福，一张我俩。（外子八十头发不白，并非染发！我则有些灰白，但照片不明显。）我们的生活仍是忙于编书、写作。不知上次有无跟你说过，香港《明报》原出的丰子恺四幅漫画集，他们出了十年不出了，说无条件送给我们出，我们又加了些他的儿童单幅漫画出了一本叫做《丰子恺儿童连续漫画集》非常漂亮的书，我寄给《明报》黄俊东30册，不知他有无寄你？如无，我再寄吧！（我们这里寄书较不便，都是由香港转寄，信则快当。）

你的近况如何呢？你是在教书还是写作？我一九八四到美国，曾和令兄华瞻见过面，并合拍了一些照片，不知他现在在北京，还是上海？记得他是在复旦大学教书？

就此停笔了！要给叶瑜荪写信呢，因为他后来给我寄来他的作品，我非常欣赏，也是忙得无法回信。

匆祝好。

林海音

一九九〇.二.七

---

① 指《何凡文集》，纯文学出版社1989年出版。“何凡”是林海音丈夫夏承楹的笔名。

3

一吟：

回来好几天了（五·廿九半夜到台北）。回来就没闲着，整理稿件，洗照片等。今天给你照片，瑜荪、燕珠[①]也写信，算账！（一笑！）

这次在沪见到你和瑜荪，甚为快乐，可惜时间短，未能大大畅谈。回来后，刊登瑜荪稿的《新生报》，稿费陆续寄来，因此便结算折成人民币由燕珠转给你们。另清单请参考，其中有令姊丰陈宝的一篇转载费亦一并结算。我给瑜荪和燕珠各寄同样清单一纸，并嘱燕珠和你联络，把款子都交你转，免得瑜荪跑来上海取。

你编令尊全集校对完毕否？有暇可写些有关令尊的稿子（登过的传记就不必了）寄我，看看何处可刊，总要不是报章杂志已见到的，而是你们生活的第一手资料等。另照片数张留念。太忙，不多说了。祝好！

海音

一九九〇.六.四

又，正在欣赏你送我的彩色子恺漫画，真好。谢谢！

4

一吟妹：

你好。马逊返台告知你们手中没有一本《护生画集》了，于是刚好有香港来了几位年轻朋友（也是马逊朋友），便托她们带了六套《护生》在港寄给你们。因为台湾寄大陆只有航空邮件，无论印刷或信函，也无包裹，无海运。所以必须托香港朋友，或者寄到香港再转寄，很是麻烦。此书甚重，我不便请小姐们多带，所以只带了六套，以后有机会再带。又此书出版时，因为广洽大师不在新加坡，只曾航空给寄新加坡一套，并曾函告，后来又听说他在

---

① 即林海音三妹林燕珠。

大陆生病等，没有再寄了。等后来孙淡宁来台，告知此事，她说交给她分配好了，我们便送了三十套给她，也不知她都给了谁了？你在那时有得到吗？

叶瑜荪已来信说收到台湾的稿费了，并且托马逊给我带一本桐乡县的童话、童谣、谚语。我眼睛不好，此书印刷亦不好，对于我看很吃力。慢慢欣赏吧！

你如有空可以写些有关子恺先生的文章寄我，我来投寄此间书刊。总是要有新讯息的，没有发表过的才好，关于丰氏的传记，这种也都知道了。再谈。祝

笔健！

收到书后请来信。

海音

一九九〇.八.二十

你给子恺先生编的集子完成没？以此写亦可，这种刊印喜欢附有关图片。

5

一吟：

香港代我寄书的吴先生来信说，我请他寄你的 16 套《护生画集》已于本月 23 日寄你。他说你何时收到，务请告诉我转告他。所以你一收到就请马上来信告诉我，以便我转告他。希望这 16 套书，加上我前一阵托香港一位小姐转的四套，对你有些用处。至于前几年出版后交孙淡宁的 30 套，不见踪影也就算了。

年底太忙，专为此事写的信，就不多谈了。祝顺利。

林海音

Jan. 31, 1991

6

一吟：

大家好。我已经在今早凌晨二时半回到家了。这次到上海前后七天（九日至十五日），和亲友分头相聚，有时想拥抱互诉别情，有时想伤情痛哭。不管怎样，我们要把握住今天，把握今天，明天才会更好。大家彼此互勉吧！我去上海时，腿还有些疼，住下几天，就好了，轻松愉快。回到台北，在机场就落雨，早起又一直下，我的腿竟不舒服起来了，真怪。是该着要在干燥的大陆气候下吧！我也赶上上海的好时光，秋虽尚未高，但是气爽宜人，台北可闷死人啦！上海的街道也很干净，是进步的现象，只是屋狭人挤，希望多盖房子，慢慢来吧！以上是给大家报告的，下面就有事再分别写几句。祝大家健康，顺利！

林海音于 9/17，1991 台北

又，这次上海真是匆匆一面。你要多多保重身体，你工作多，又少吃少运动，是营养不够，请医仔细检查，会告诉你如何营养保重。那天照片我都寄给燕珠妹了，她会跟你联络，送给你照片的。海音又及。

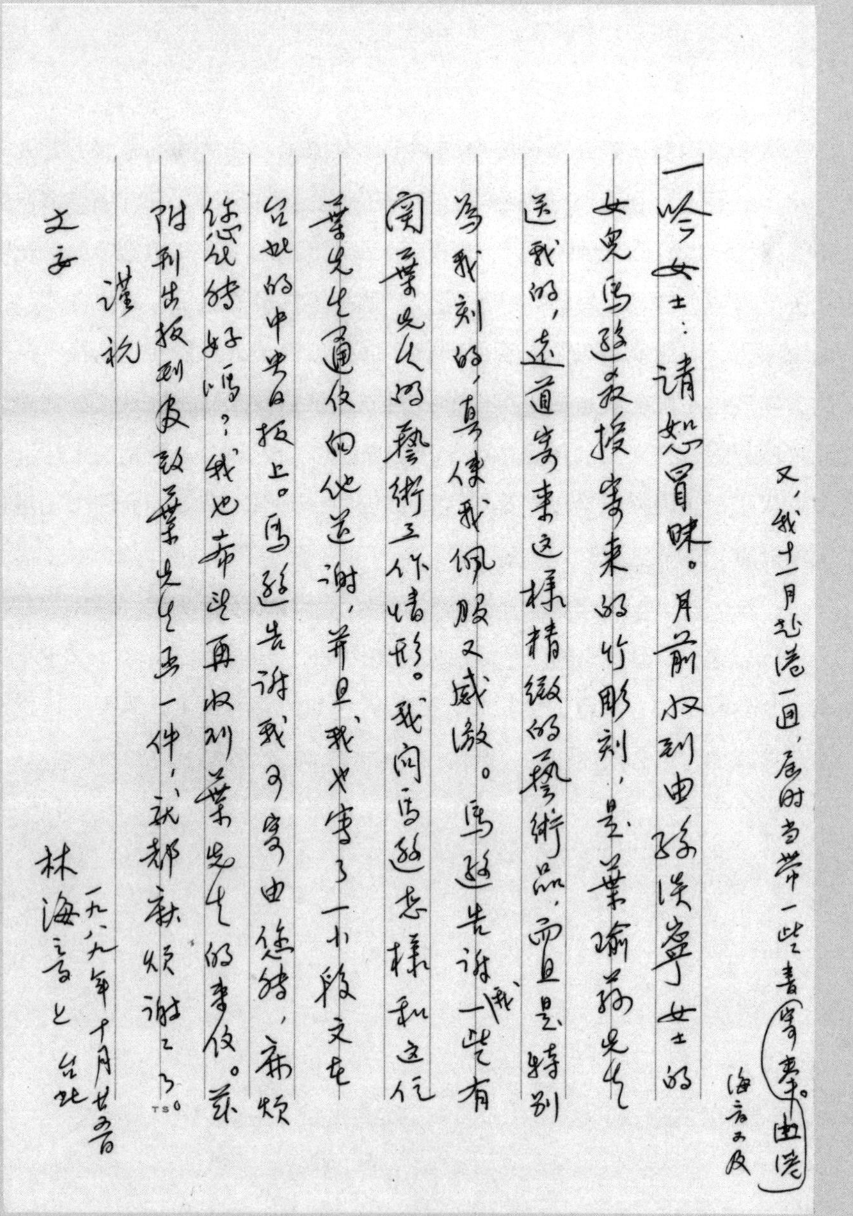
一吟女士：請恕冒昧。月前收到由孫洪寧女士的女兒馬璐遂我授寄來的竹彫刻，是葉瑜蓀先生送我的，遠道寄來這樣精緻的藝術品，而且是特別為我刻的，真使我佩服又感激。馬璐告訴我一些有關葉先生的藝術工作情形。我向馬璐怎樣和這位葉先生通信向他道謝，並且我也寫了一小段文在台北的中央日報上。馬璐告訴我可寄由您轉，麻煩您代轉好嗎？我也希望再收到葉先生的來信。茲附剪出报刊及致葉先生函一件，就都麻煩謝謝了。

謹祝

文安

林海音上

一九八九年十月廿五日 台北

又，我十一月赴港一回，屆時當帶一些書寄來。由港

海音又及

一九八九年十月廿五日林海音致丰一吟

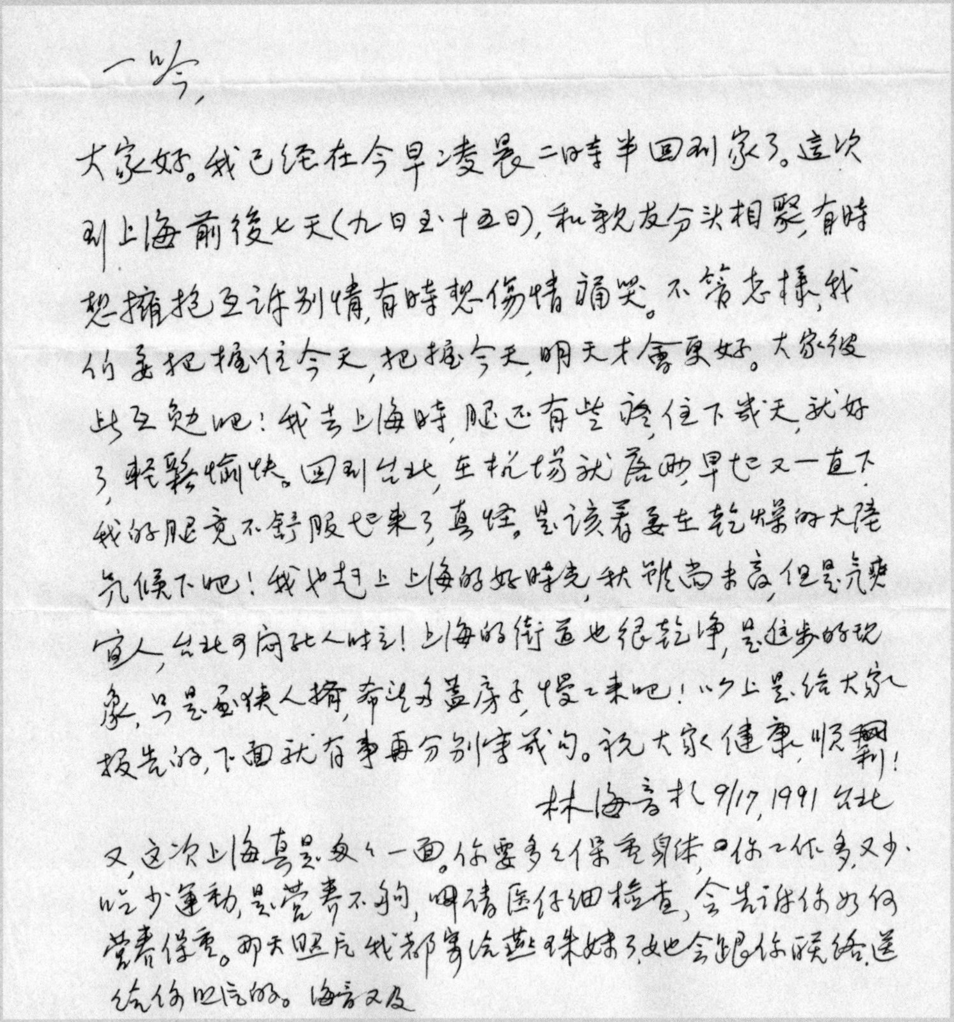

一吟，

大家好。我已经在今早凌晨二時半回到家了。這次到上海前後七天（九日至十五日），和親友分头相聚，有時想擁抱互诉别情，有時想傷情痛哭。不管怎樣，我们要把握住今天，把握今天，明天才會更好。大家彼此互勉吧！我去上海時，腿还有些疼，住下幾天，就好了，轻鬆愉快。回到台北，在机场就感到早上又一直下，我的腿竟不舒服起来了，真怪。是该着要在乾燥的大陆气候下吧！我也想起上上海的好時光，秋意尚未高，但是气爽宜人，台北可闷死人啦！上海的街道也很乾净，是进步的现象，只是还嫌人挤，希望多盖房子，慢慢来吧！以上是给大家报告的，下面就有事再分别写或问。祝大家健康，順利！

林海音札 9/17，1991 台北

又，这次上海真是匆匆一面。你要多多保重身体，因你工作多，又少吃少運動，是營養不够，快請医仔细檢查，会告訴你如何營養保重。那天照片我都寄给燕珠妹了，她会跟你联络，送给你四张的。海音又及

一九九一年九月十七日林海音致丰一吟

陈从周　4通

陈从周（1918—2000），古建筑园林艺术学家，上海同济大学教授、博士生导师。1985年为重建后的缘缘堂题写“丰子恺故居”。

1

一吟同志：

前天接到桐乡党校一位同志来信，要我为老伯故居题字，很激动，当晚写好，次日寄出。清晨又奉到来函，我即停止工作，谢客，将故居款题好，搁笔凄然。自己看看，几个字中是有感情的，充分表现了老伯仁慈的面貌，我能忝列微名，感愧交并矣！我的第三部散文集名《帘青集》[①]，月底可见书，封面已印好，是老伯画的帘影，下面署 T.K.。书一到奉上几本，这也是缘罢！我近来很相信缘，你家这么多姐妹，与你便是有缘了，世界上没有缘成不了世界，阿弥陀佛！

收到请批评。

陈从周

一九八七．四．十二

① 《帘青集》（陈从周著），同济大学出版社 1987 年出版。

2

一吟友：

大函达寒斋，正钱清老人在座闲谭，拆书莞尔。老人云：“彼此道合，惜未谋面。”他日将邀阁下一面也。此又是缘矣！我为老伯故居题字，忝列微名，再是一缘，无缘不成世界。回思中学时代，在杭州受军训（当时高中必受此课），偷偷看《缘缘堂随笔》（初版），老实说我的思想感情受令尊影响极大。“文化大革命”中说我和尚朋友多，一罪状矣。前几年在泉州开元寺题壁一联：“弘一有灵应识我，开元洵美要题诗。”弘一对开元，真巧对，无法易一字，缘也。读罢华翰，兴奋后又归平静，成小诗一首报之：

几丝修髯拂窗前，一字未书浊世篇；
留得千秋风骨貌，草堂终古说缘缘。

我最爱丰先生缘缘堂窗前一照，印象至深。小著《帘青集》封面已制版，老伯之画实太引人，也可算是个缘吧！

从周

（1987 年 4 月）十二日灯下

3

一吟同志：

石门信已来，书件收到付刻，刻者求我一画，画就付邮，并附小诗为缘缘堂留一缘。此诗再写一张卜笑，字拙劣，结缘而已。我有一印“丹青只把结缘看”，不取分文也。大驾光临寒舍，将扫径以待，何如？小集《帘青集》封面为子恺丈画，亦报答其对我垂爱之情。你要几本可奉送，下月十五日见书出版。此颂大安！

陈从周

（1987 年 4 月）廿七日

4

一吟贤妹清举：

尊大人子恺丈画展序附上，请斧正，并与广洽法师一商是否能用也。天时入暑，当即珍摄。专此即颂

撰安！

陈从周

丁卯（1987 年）夏

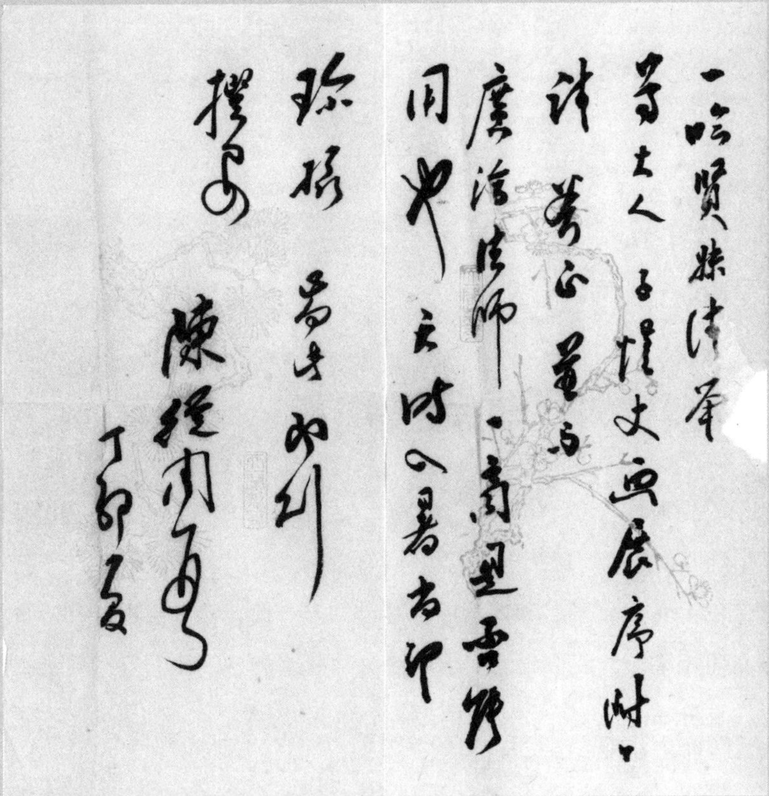

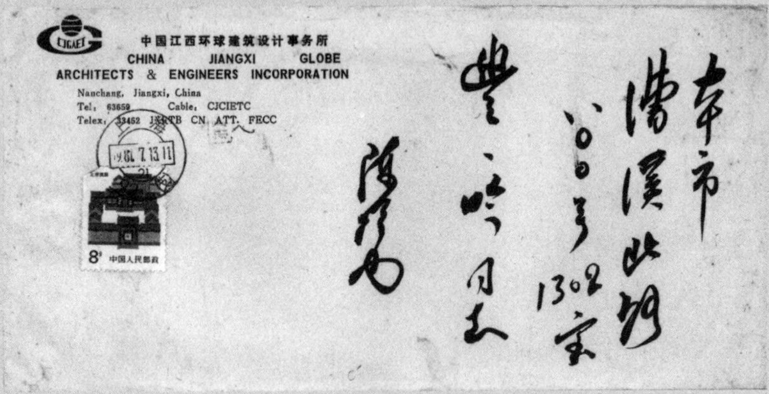

一九八七年夏陈从周致丰一吟

夏满子　1通

夏满子，夏丏尊的小女儿、叶圣陶的儿子叶至善的妻子。

一吟妹：

信已收到多日。元旦前叶老[①]突然青光眼发作，住院十多天，现已好转，前两天出院回家了。所以迟迟没有给你回信。

寄来的照片收到了。和广洽法师难得见上一面，叶老已把这些珍贵的照片，贴在照相簿上，留作纪念。给广洽法师写字的事，我们已和叶老提起，他说以后眼睛好转，一定要给广洽法师写张字，作为纪念。如果叶老写了字，我寄给你，请你替我们转交广洽法师。

丰师母年已86岁，眼睛也不好，我很惦念她老人家。丰师母还记得我们夏家四个兄妹的名字，可见记忆力还很好。我们兄妹四人现只剩我一人，大哥阿文三十九岁病故；二哥阿龙也故去八年；姐姐阿吉——吉子，22岁就得病去世了。她的脚是有点跛，是小时摔坏的。两个嫂子还健在。秋云嫂子还住在白马湖，身体还很好。

章先生的女儿阿密在哈尔滨工作，还是前几年章先生故去时见过面。她的具体地址我不知道，你要我可以去打听。

前半个月收到你哥哥华瞻寄来的丰先生散文集，不知你看到过没有？

如果以后有丰先生的书，请寄给我们看看。叶老如写好寄，我寄给你，请你转交广洽法师。

---

① 指叶圣陶。

代我问候丰师母。祝她老人家康寿。

我们地址是东四八条 71 号。

祝

好!

满子 1982.1.12

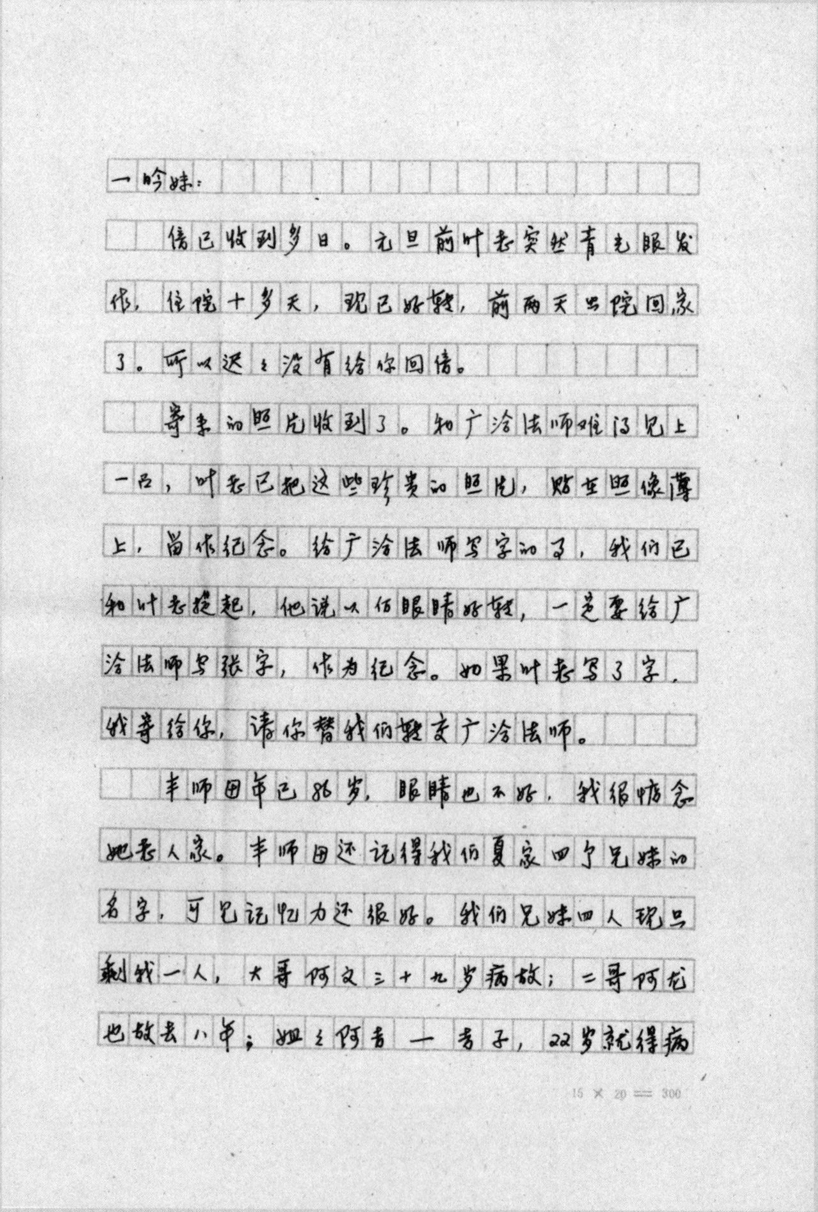
一吟妹：

信已收到多日。元旦前叶老突然青光眼发作，住院十多天，现已好转，前两天出院回家了。所以迟迟没有给你回信。

寄来的照片收到了。和广洽法师难得见上一面，叶老已把这些珍贵的照片，贴在照像簿上，留作纪念。给广洽法师写字的事，我们已和叶老提起，他说以后眼睛好转，一定要给广洽法师写张字，作为纪念。如果叶老写了字，我寄给你，请你替我们转交广洽法师。

丰师母年已86岁，眼睛也不好，我很惦念她老人家。丰师母还记得我们夏家四个兄妹的名字，可见记忆力还很好。我们兄妹四人现只剩我一人，大哥阿文三十九岁病故；二哥阿龙也故去八年；姐姐阿吉—吉子，22岁就得病

15×20＝300

一九八二年一月十二日夏满子致丰一吟（一）

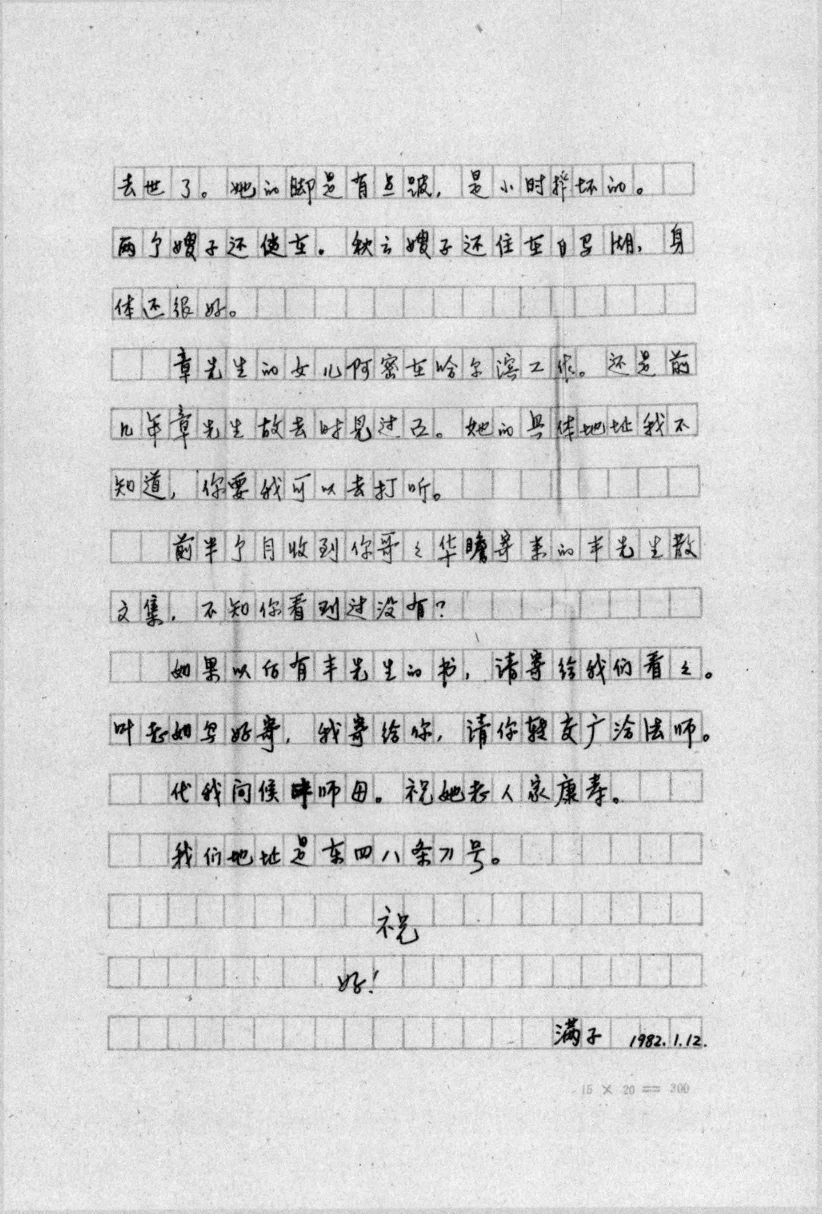

去世了。她的脚是有点跛，是小时摔坏的。

两个嫂子还健在。秋云嫂子还住在白马湖，身体还很好。

章先生的女儿阿蜜在哈尔滨工作。还是前几年章先生故去时见过面。她的具体地址我不知道，你要我可以去打听。

前半个月收到你哥哥华瞻寄来的丰先生散文集，不知你看到过没有？

如果以后有丰先生的书，请寄给我们看看。叶老如写好字，我寄给你，请你转交广洽法师。

代我问候师母。祝她老人家康寿。

我们地址是东四八条71号。

祝

好！

满子 1982.1.12.

15 × 20 = 300

一九八二年一月十二日夏满子致丰一吟（二）

程十发　5通[①]

程十发（1921—2004），中国海派书画家。1956年参加上海画院的筹备工作，并担任画师，后长期任上海中国画院院长。丰子恺是上海中国画院首任院长。

1

一吟同志：

您好！法因和尚之画已补好和题好，请便中代为带去，烦神烦神。

专颂

暑安！

十发

八一 . 七 . 十八

2

一吟同志：

您好！

12日我夫妇刚从北京回来，看到您的信及诗雨大师之信，多蒙关怀，十分感谢。

其中有一件事拜托您从速转告诗雨大师。因为他是丰老友人，而且禅家书画使我发生兴趣，所以命笔或题字我很高兴，这也算是翰墨之缘。而且他

① 程十发5通，其中1通年份无考，附于最后。

人很热心，为宣扬祖国文化而努力，并加以他的画也有造诣，因此我很高兴为他效力。但他两封信中云及寄钱给我，使我十分不安，好在钱皆未收到，还来得及。请他不要寄来，否则会引起别人误解，这一点我不说您也明白，请您速告诗雨大师，谢谢他的好意。至要至要。

还谢谢您的关心，拜托拜托。

专致

秋祺！

程十发

内人嘱笔代候

1981.10.16 午

3

一吟同志大鉴：

前购大札收悉后不及早谢为歉。

您常常为我操劳，我很感动，您和丰老一样有一种美德，所以常常在许多待人接物中表现出来。

诗雨法师曾二次来信中说起汇款，但至今我都没有收到，不知什么原因，有便中再一次烦神，向他说起这件事，若没有汇，就请他不要汇了。

关于他热情请我到那里开画展之事，我一直考虑之中，主要原因是我作品画得很少，积累起来困难之故。我日后一定要回覆他的。勿念。

再一次致谢。此致

秋安！

程十发

一九八一．十一．十七．午

4

一吟同志：

您好！

昨日承烦神下顾，十分感谢，我想还是用您的办法来处理（用您的名字，存放在那里）。

谢谢。

向您爱人问好。

发

1982.3.24

5

一吟同志：

惠书敬悉。

恭候大驾光临。拟定 3 月 5 日或 3 月 8 日中午皆可。请大裁。

专此敬覆

并颂

大安！

程十发

3.2

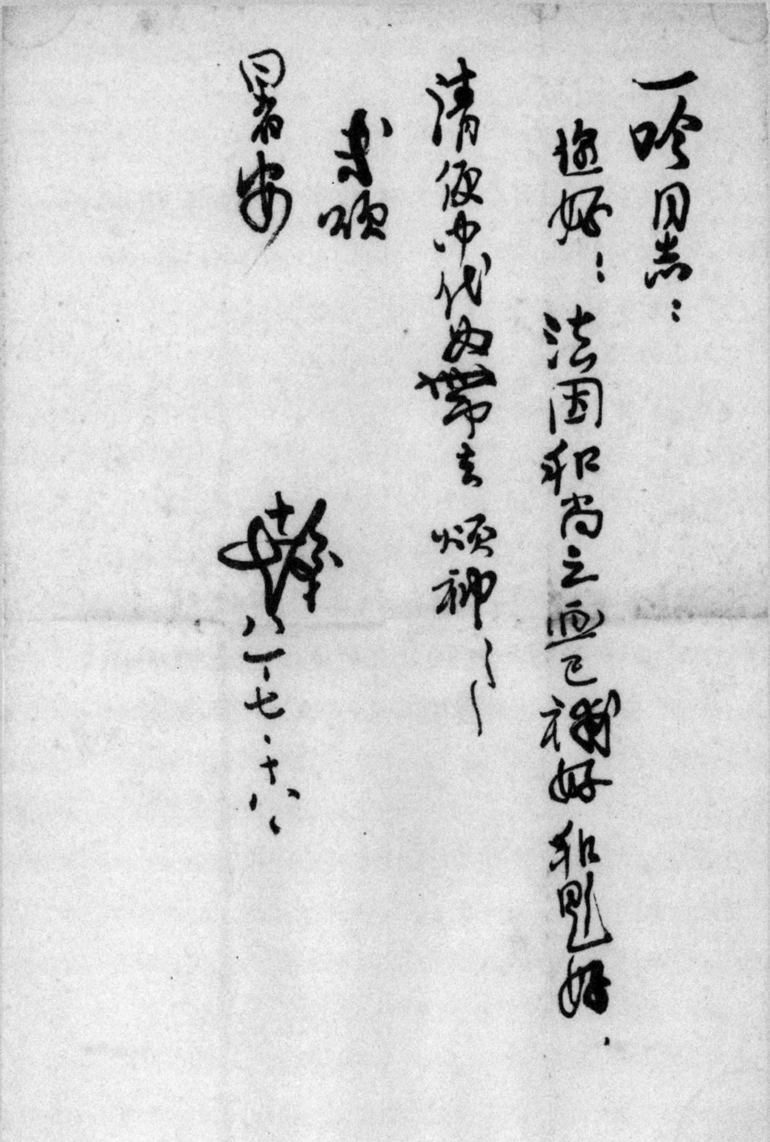

一吟同志：

您好：法国和尚之画已裱好，非常好，

请便中代为带去　烦神～～

并颂

暑安

十发

八一.七.十八

一九八一年七月十八日程十发致丰一吟

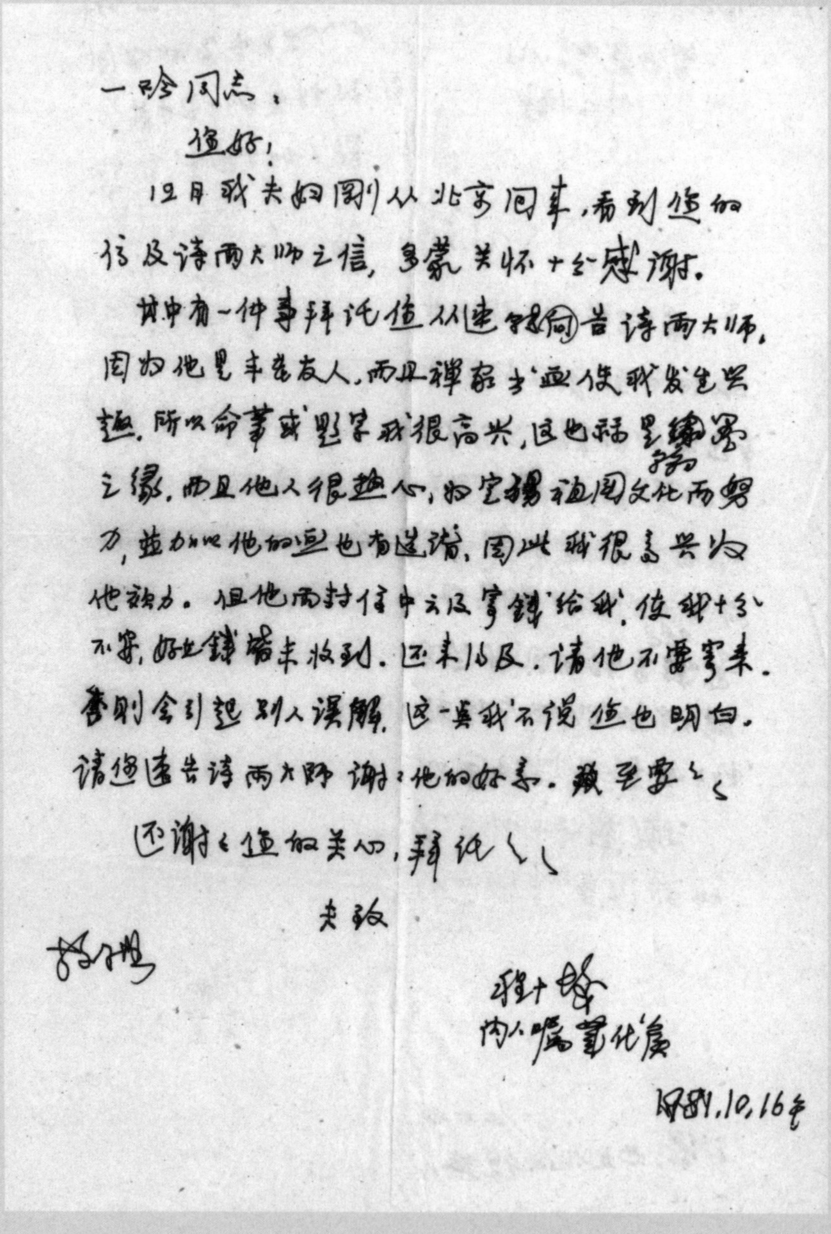

一吟同志：

您好！

12日我夫妇刚从北京回来，看到您的信及诗雨大师之信，多蒙关怀十分感谢。

其中有一件事拜托您代速转告诗雨大师，因为他是丰老友人，而且禅家书画使我发生兴趣，所以命笔或题字我很高兴，这也称是翰墨之缘，而且他人很热心，为宣扬祖国文化而努力，并加以他的画也有造诣，因此我很高兴为他效力。但他两封信中言及寄钱给我，使我十分不安，好在钱尚未收到，还来得及，请他不要寄来，否则会引起别人误解，这一点我不说您也明白。请您速告诗雨大师谢谢他的好意。敬至安之。

还谢谢您的关心，并祝……

安致

程十发

内人张金锜附候

1981.10.16日

一九八一年十月十六日程十发致丰一吟

孙淡宁　9通①

孙淡宁（1922—2016），作家，国际问题专家，笔名农妇、张昭明、紫笺等。在重庆时期，与丰子恺大女儿丰陈宝结识。

1

一吟：

信收到，这么迟才给你写信，实在人太忙事太乱，请原谅。

明川②这个女孩，我看着她长大。这女孩虽不小了，但在我眼中仍然很小。我非常了解她。她没结婚，经济情况不错，对所爱的人总想做点什么。她给你买书，对她来说，是一件极高兴的事。我回来的当晚，和她提到你的信，她坚决拒绝接受这笔钱（买书钱），我不再勉强她。一吟，这个孩子重感情，如果强迫她接受，她会伤心的。上次侄儿过港，明川和他见面，给我的爱人老马电话（当时我去了澳洲、日本），老马要明川陪侄儿来我家，谈谈并吃顿便饭，侄儿不肯离开宿舍，你们的稿费也就无法交到他手里。明川和我认为总有机会买点应用的什么，托人带回。其实，你也不必为这些小事挂在心里。这个年代，大家能够互通音讯，能够为对方做点什么，是非常非常快乐的事。你不要见外。以后须要什么书尽可要明川买，要我买，一客气，反而伤感情啊！

一吟，听我的！如果你觉得不想再麻烦她（其实一点也不麻烦，这话是代你讲的），告诉我好了。我代你办。我和明川谁办都是一样。别挂在心上！

---

① 孙淡宁致丰一吟 8 通，致丰陈宝 1 通附后。

② 明川，即卢玮銮。

祝

一家好！

建建[①]　（1980年）二月六日

2

一吟：

明川回来了！我没有骂她。她一句“大姐你瘦了”，我就骂不成了。

我一直在忙，年内几个月，将是最忙的几个月。有个年青“女强人”——关心我最多，而见面最少的“人家的女儿”，她对我说：“我了解你，你是要抢回你失去的时间。”

这话太对了，我不得不承认。

我叫你们不要买东西给我，不是客气，而是我真的不须要。明川又带来一大堆：你送的台布、菊花、玫瑰（只要这两样就心满意足了）。宝宝[②]送的衣料两段，还要送阿水[③]小子，朝婴[④]送的鳄鱼皮包，我记不起有多少了。总之，我好难过，如果不是在酒家（和明川吃中饭），我会拍桌子大闹起来。一吟，你们这么做，简直是给我精神虐待。我们相交岂在物质？我们的感情，又岂是物质可以代表？说得再坦白些，我要钱，很容易，要东西，更容易，譬如前几天，我说了句：“我要做几套冬衣去伦敦开会。”前晚，裁缝来，带来五套不同色呢绒料，一件件指给我看：是谁是谁交给他的，叫他跟我做。同时，连卡佛公司送来五件衬衣，请我试穿。我这一把子年纪，打扮什么？（不过，我不很看重夏天衣，冬衣就要穿好点。）可是去外国，得保持点“中国人的尊严”。告诉你这些，是证明，我要什么，就有人送到。他们这些家伙，年轻力壮，荷包满满，又无负担或负担有余，为我用钱，我受来心安，受来理得。

---

① 建建是孙淡宁的小名。

② 指丰陈宝。

③ 指摄影家水禾田，为孙淡宁的干儿子。

④ 丰陈宝的女儿。

你们并不宽裕，刚够家用，为我用去一元就剥夺了你们用一元的机会，你叫我如何心安？请问：我心又如何能安？至于我给你们买点小东西，甚至以后有机会带点东西给你们，是非常轻松的事。如有便人——（那种可以不打税的便人），我将要买表给姐夫妹夫。买表容易，托带困难（我真想自己再回上海一趟），只有慢慢来。菊棣[①]这个人，失去表，伤心成那样，有便人又得给她先带。我告诉你，切莫把我当外人。总之，你放心，我不会束紧裤带给你们买东西，我有能力买，就会买。荷包扁了，就等荷包满了再买。有人带就会托人带。如果你们一定要"还礼"的话，就是有心"整我"，虽不知道什么时候找到带东西的人，但讲在先，以免麻烦又要吵架。何苦使我难过伤心？！

小明[②]衣已交莫一点[③]带，衣最方便，不必打税。如抽得出时间，我会去新加坡拜访老和尚[④]。星期六去，星期天回。不过，这一向很难有空。且待机缘。我瞌睡得要命，非写几句给你不可。不写了，字看不清，你猜好了。

祝

一家好！

建姐

（1980年）八月廿七日晚

越写越不成字，我要睡着了。此刻已零时，今早起身太早了。

广州、上海、北京同时有个书展，其中有我的书《锄头集》（报屁股）。

还有件事，请你和宝宝记得一下。我和你们写信，别给菊棣看，菊棣文化程度低，怕她乱说。同时，我和朋友相往来，不喜欢插进亲戚朋友。亲戚两码子事。

宝宝同此，容稍迟再写信给她。一样的要吵架。

---

① 为孙淡宁爱人老马的侄女。

② 指丰一吟女儿崔东明。

③ 莫一点，广东新会人，自小喜爱绘画，曾随画家丁衍庸先生学画。收藏有不少名家的墨宝。

④ 指新加坡佛教协会会长广洽法师。

打长途电话是我的“毛病”，几乎全世界人都知道我有这个“毛病”。打了之后，怕你收接麻烦，又后悔。

明川说电话有“嗡嗡”声，是我的冷气机声。冷气开得猛，窗子忘了扣紧，摇动窗子的声音，现代电话感应极强也。

3

一吟：

多么可怜，一个刁蛮女儿，再加上个刁蛮老姐，为了个电话，把你变成“夹烧饼”。那天，我心血来潮，想跟你聊几句——好想你们啊！

无事打电话，总觉得是浪费，于是想了件事（自我安慰）：为画册吧！电话是在家拨出的，用IDD（国际直通电话）打出，比较方便。不是公事，而是绝对的私事。当然，我很想再打个电话和小明谈几句，但不知道这种洋作风会不会使旁人大惊小怪？如果不会，我将选一个礼拜天早晨打。小明在家。我在这个月内不会出门，奉医生命，要保养“龙体”。十月中旬之后，就要去伦敦和美国。

干爸送小明的羊毛衣，她喜欢不？小明个子高，我有件雪褛，相信她可以穿。如有人去上海，便托带。

那件雪褛是我的，因太“新潮”（即太时代之意），丢在箱子里没有穿。同时，大衣（半长大衣）要穿得宽，才显得“神”。我嫌它不够宽大，如果小明不嫌干妈的衣，不妨穿了上学。

我常穿小明干爸的衣，穿可可[①]的衣，这虽不足为训，却被选为“一九七八年度最会穿衣服的人”，真是他妈的！

我若再回上海，会给小明打扮（多给小明买衣）。不过，女孩子爱漂亮虽是天性，却万万不可“一门心思”求漂亮，你说是不是？

老法师信已挂号寄出[②]。（刚送来，我已交经理部，今日午后可寄出。）

---

① 指孙淡宁的儿子马可。

② 有可能是为由《明报》印制《护生画集》一事。待考证。

并告。

这一向相当忙，不写了。

祝

一家好！

淡宁

（1980年）九月十一日

请告宝宝，水禾田寄姐夫摄影书，很便宜，不必放在心上。阿水用我的钱用得多，他给姐夫买点书，算不了什么。

你和宝宝绝对不可以再给我们买东西，收到你们的东西，我心好痛！

又及。

4

一吟：

刚才收到三月十四日信，邮政如蜗牛，太慢了。

《护生画集》金庸所说“已有人（非指老法师）印了很多”，此话不可靠，相信他是不想印。托词而已。我的朋友林海音，是女出版家，也是著名的作家，我在台湾和她谈到这件事，认为应该重印，这是一种最有力的劝善方式。她说：“好。我尽力而为。”同时谈到版权问题，和谁签约呢？我说：我可以代签。事实上，最好是你和宝宝签。如认为麻烦，可给我一纸委托信，我来承当这个责任。虽是善事，为求画集普遍，找人重印，但仍然要收点版税的，你们也可以用来买点喜欢的东西。

请即复我。（丰一吟注：已复，不同意收版税。因为这是欢迎翻印的佛教宣传书，父在世时就一直主张不收版税。）

当然，印出之后，我会寄给你的。

我希望能在下月搞成这件事。因我下月会和海音见面。

小明的雪褛已托干女儿买了，她五月初来港，会带来，我会托人带上海。

我怎不想回上海？我时常在梦中和你，和宝宝一起唱歌，醒来热泪满枕。痴吗？只要抽得出时间，我会溜回上海。现有了班机，更方便了。我会找时间的。你们等着我好了。

下月，我要去澳洲，是为了去见一位医学界巨人，七月初赴美，九月中旬前可以返港。到美国，我会找些好玩的东西寄小明。（请打听，玩具打不打税？）——速复。

此信刚开始，就有客来访，我不管，非写完才去见他们。好了，匆匆忙忙字草得很，请细看。

祝

一家好！

建姐

（1981年）三月廿日下午三时半于办公室

伯母前叩安！

妹夫好！

Ms. T. N. Sun

13122. SERPENTINE WAY

SILVER SPRING M. D. 20904 U.S.A.

在美的地址（是我的家）可告宝宝。

5

一吟：

来信收到。我总觉得你和宝宝的旧习太重，所谓“礼尚往来”这种搞法，只适宜于少交情的人。“人际关系”是有好多种的，你我是同一个阶层，同样的家庭背景中成长。尤其是你的性格爽朗、潇洒，确有些像我（先搬一顶高帽子给自己戴上再说）。我讲过，给你们买些小东西，或适用的东西，在我来说，是一种极大的享受。在选购的时候，在买回来的晚间休息时，展开看看，这一些时间里，我有种说不出的满足感。讲穿了，买东西，为你们的少，为我自己的多。相信你了解的。

我对宝的感情是抓童年的梦，梦中的姐夫、你和阿崔、小明，以及宝宝的孩子。告诉我：这个梦不是幻境，是现实。于是，我狂了。我一生无所求，只求真。我在你们身边找到了真。我六十岁了，还能够看到童年的影子，该多幸运。切莫把我推开！

也许我很自私，相信你能谅解！

诉完心事——也可以说是“坦白”“交心”，再谈别的。

老马和我同年，他正月生，我十一月生。明年都是六十岁，我们能够在六十岁回乡度岁，是非常开心的事，只是逗留的日子不能太多，旧历十二月廿八日飞上海，狗年元月初三，老马飞北京看他的妹妹，我留下来和你们玩。初六那天，他从北京直飞香港，我从上海直飞香港。

我有个堂哥，找到了，原来他一直在上海。这次，我会去看看他。除夕晚，在老马的嫂嫂家祭祖，吃饭。以后，老马会跟他的许许多多堂兄弟话家常。（当然，会去你家和伯母拜年。）我就和你们玩，也许，我会去见见巴金、刘海粟（我在巴黎给刘老买了顶法国帽），再去看看邹韬奋夫人，我的师母，如此而已。

这次以后，就得等到一九八三年再见了。（以后我会每年回来一次。）

你的围巾很好，和宝宝的礼物，我们会带去美国。生日礼物，是纪念性质，不必大堆大堆的。这次到上海，我们多拍点照片，比什么都好。不要太“俗气”，好不好！

其实，我这次是专程去看你们的。我说这话，并不是给你精神压力，而是想你知道我对你们的怀念。

小明不能学理科，可惜。我真想把她交给可可（可可的妻子也是学理科的）。不过，念书决不可勉强，读不喜欢的学科，很难读好的。见面再谈吧！可可是农，我的媳妇是化学，蓓蓓是工，蓓蓓名“马逊”，留德。

无论如何，我们真的快见面了，好开心！

祝

一家好！

建姐　（1982 年）元月一日午

小明，我和你干爸会穿得像个被包，放心！尤其是你干爸，将带件去北欧穿的厚雪褛，相信够了。

干妈

再：

你们切莫来机场接我们，拜托拜托！如可能，只要子耘[1]来帮帮我，他是壮丁，又十分灵活，他可以代表你们！千万千万！（何必多一部车？）

又及。

6

一吟：

二月廿一日信收到。

此刻是午饭时间，我只吃了片面包、一杯咖啡（我经常这样），医生的吩咐，所以腾出了时间给你写信。戴天是林语堂的“外甥孙”（第三代，他叫林语堂女儿林太乙为“舅妈”）。在外国生长，现在香港。印第安纳大学李欧梵教授和威斯康辛大学刘绍铭教授，在中国文学上，都有相当造诣。他们这伙人都相当年青，四十岁左右。

有日，戴天和我通电话，我问他：“欧梵是不是搞了个什么‘文学研讨会’一类的东西？”他说：“好久没有和李欧梵通话，刘绍铭在长途电话中提到过，好像有这回事。”如果是邀请各地学者开研讨会，绍铭必是七人中重要一份子。他和欧梵每星期通一次电话。我再问：“中国大陆有没有人被邀？”他说：“好像有一位丰什么吟的女士被邀请了。”这家伙相当糊涂。他要我

① 丰陈宝的儿子杨子耘。

写信问欧梵或绍铭，就明白了。过几天我准备写信给他们。问个清楚。

其实海外学人的圈子并不大，兜来兜去，都是这么一些人。值得安慰的是：他们还年青，可以做点事。

你朋友的底片，明后日去冲二张，然后连同底片一并寄给你。

今年我会很忙，会做得气喘，拟九月去巴黎，疯一疯，作为精神调剂。否则，几个月忙下来，精神负担过重，会生病的。

好了，等你的长信。祝

一家好！

建姐　（1982年）三月一日

7

一吟：

海音来信，说关于《护生画集》事。在去年已经给老法师写信，听从吩咐。法师曾有信给她，说不收版税，要海音分赠画集。如何赠？得请老法师指示——（大意是这样，我记不清了。）

如我没记错，她去信时老法师回了国，而现在仍无回信给海音，颇为挂念！我准备先给宝姐和你各寄一本画集，如无意外，继续再寄（或寄玉佛寺法师代转）。只是这几天实在忙得透不过气，稍迟即寄。我不能交经理部或他人代寄，因怕他们发现是画集吵着要，这□我好烦，受不了他们的“嗲缠”。

你要的相片已去冲印了，待取回即寄。

据海音在长途电话中说，她那里有人出版了《丰子恺散文选》。这口风吹起来了，但我若见到那个什么人（到现在我还不认识），必要查查稿源。再说。祝

好——一家好！

建姐

（1982年）三月十六日

8

一吟：

今天找资料，箧中掉下四页信，是写给你的。大部分是讲我看到你仿《卖将旧斩楼兰剑》之后心里的感想。这信没写完，且写得相当拉杂。许多事已成明日黄花。现在，再重写好了。

首先要讲的是自己毛病多多，反而说你“心不在焉”。我越来越老得惹厌了（我不自伤老大，只是为自己的糊涂悲哀），讲话任性，下笔任性，不管人家感受如何（但对外人，我会很谨慎言语、态度。愈亲密的人，则愈随便，总以为自己人嘛，绝不会责怪的）。这里我请求你，如果有些事错怪了你，千万别恼，我是疼你的，只不过措词不当而已。该骂，骂几句吧！切莫生气！

明年聚会时，给你打几个拱，赔不是，好不好？在上海，你将仿《卖将旧斩楼兰剑》稿给我看，我简直呆了，那笔触，甚至拖笔的深浅，水墨笔锋，就像印板，用“乱真”来形容，绝不过分。回小白屋[①]，每望着墙上丰伯伯的画，不禁感叹：“一吟不仿父画，简直是一项无可估计的损失！”

艺术这门子东西，执笔人是讲气质的，别人学丰画，我不敢说“画得不好”。乍看之下，确实神似，但是，却缺乏一种气质，这气质是学不来的。你是丰子恺前辈的女儿，你血管里流着他老人家的血液，用现代科学语言来说，你身上有他的基因，当然和他人气质不一样，这是我的发现。也许有人认为是“功力”，我不否认你的艺术功力，若要深透来看，就不难摸触到那一份他人无法拥有的气质。

我的父母皆画家，而我是不懂画的，但很有欣赏力，也可以说，看得多嘛！

你正壮年（现在医生从生理、心理来定位，55 岁到 65 岁为壮年），正是手脑作用达到巅峰时期，抓紧这个时期，作一次极有意义的冲刺！纵或“抄书计划”永远行不通，也可留给儿孙（这是一种成功，绝对的成功）。再或，交美国或中国台湾画廊展出出售，也不错呀。我相信喜爱艺术的人会识货的。

---

① 指孙淡宁美国马里兰州的住处。

只要肯做，世界上没有白做的事。（六月四日晚）

我常常这样想：如果我有钱多好，接宝姐和你来小白屋住住，环游一次美国。美国没有什么好风景，便去欧陆走走。其实所费并不太多，省省的，我们三人同行，一万美元够了。一万美元在别人看来是“零钱”，在我是不小的数字。（此次小白屋大装修，连同换沙发，餐椅、沙发、乳胶垫，一共五千八百美元，都是晚辈负责付账。今秋，我想和老马坐火车游一游，我喜欢坐火车，讨厌飞机，只要老马不别扭，这一笔几百元费用我出得起的。沿途有人招待嘛。在香港，一个晚辈给了我 1000 美元红包。）钱，实在是不必重视的东西。当想到要做一些事的时候，就发现它的好处了。宝姐爱旅游，我唯有想尽办法让她开心。过两天，我又要写信去台湾催了，这次将动用一个“大后门”，尽力去做，不达目的绝不干休[①]。为了宝姐，我愿劳心劳力，谁叫我穷！我若有钱，才不会如此巴巴结结找人帮忙搞画展。老娘有钱，拿钱接你们出来玩就是了，对不？

讲到钱，我又有个心思，新枚已有了初步安定，希望他生活平稳，快乐。深圳的房子搞妥了，不知有没有钱买家具？我还希望宝姐明年出来收点钱，买个冰箱带回去。（我想，这点钱能够收得到的吧？）我相信这不是大问题，做得到的。你家什么也不缺，只是给小明家买点东西而已。那么，我才会心里舒服。其实，我们（宝姐、你和我）都不是讲奢侈的人，只要生活方便，如此而已。我祈祷着。

只要台湾一通过，美国方面（来美展出丰画）不会有问题。来美是我的秘密愿望，努力去做，必有结果。

不写了，还有许多事要做。下次再谈。祝

一家好！

代我吻宝姐。

建姐

（1989 年）六月七日

---

① 指联系举办丰子恺画展之事。后因故未能成行。

装修小白屋，下月中开工，会有好一阵子忙。要把所有东西搬开，多琐屑，像搬家一样。粉刷墙壁，换地毡，厨房换地上瓷砖，这一切完工，还得拆卸窗帘，交洗衣店，全屋窗帘多且重，却都是我一个人的事，实在辛苦呢！

9

宝宝：

此刻已在纽约机场，将于午夜起飞，但今年无法回国了。人在江湖，身不由己，为了出版书事，非奔波不可。一切容再谈。

即祝

你和一吟都好！

建　（1989年）七月卅一日

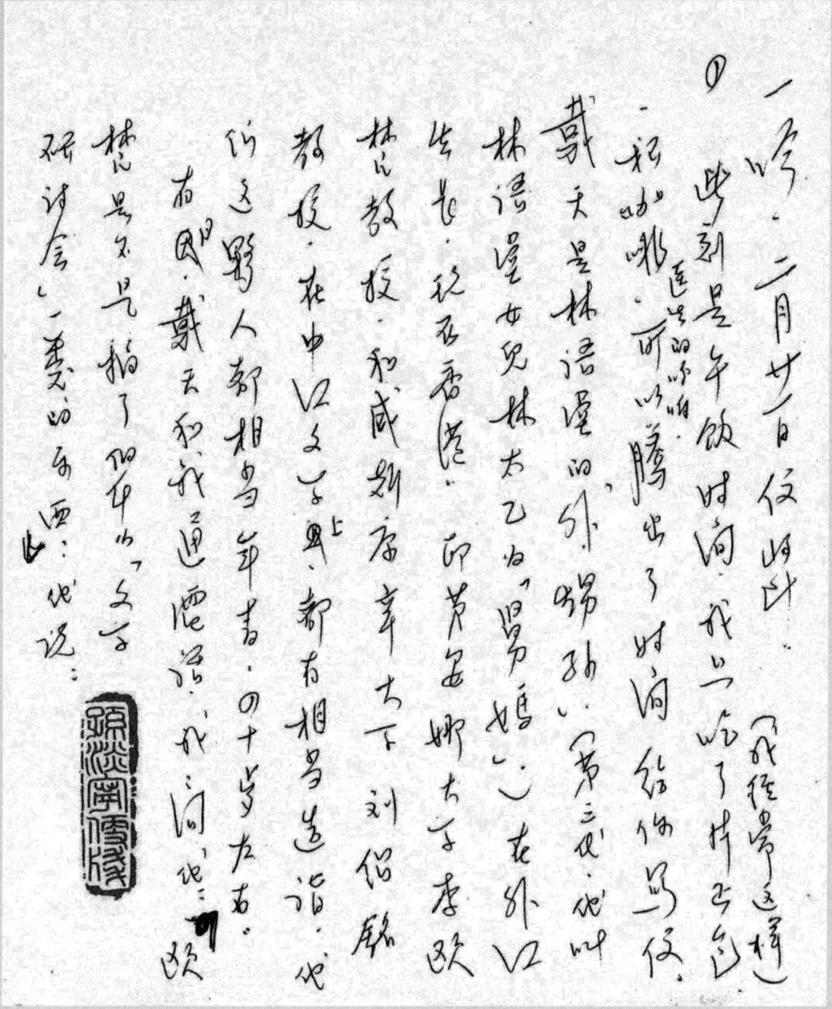

①一吟：二月廿八日信收到。（我经常这样）此刻是午饭时间，我已吃了牛乳一杯咖啡（这是我的习惯），所以腾出了时间给你写信。

戴天是林语堂的外甥孙，（第三代，他叫林语堂女儿林太乙为"舅妈"）在外国生长，移居香港，即黄安娜太子李欧梵教授，和威斯康辛大学刘绍铭教授，在中国文字上，都有相当造诣。他们这几人都相当年青，四十岁左右。有时，戴天和我通电话，我问他："欧梵是不是指了那年的'文学研讨会'一类的东西？"他说：

一九八二年三月一日孙淡宁致丰一吟（一）

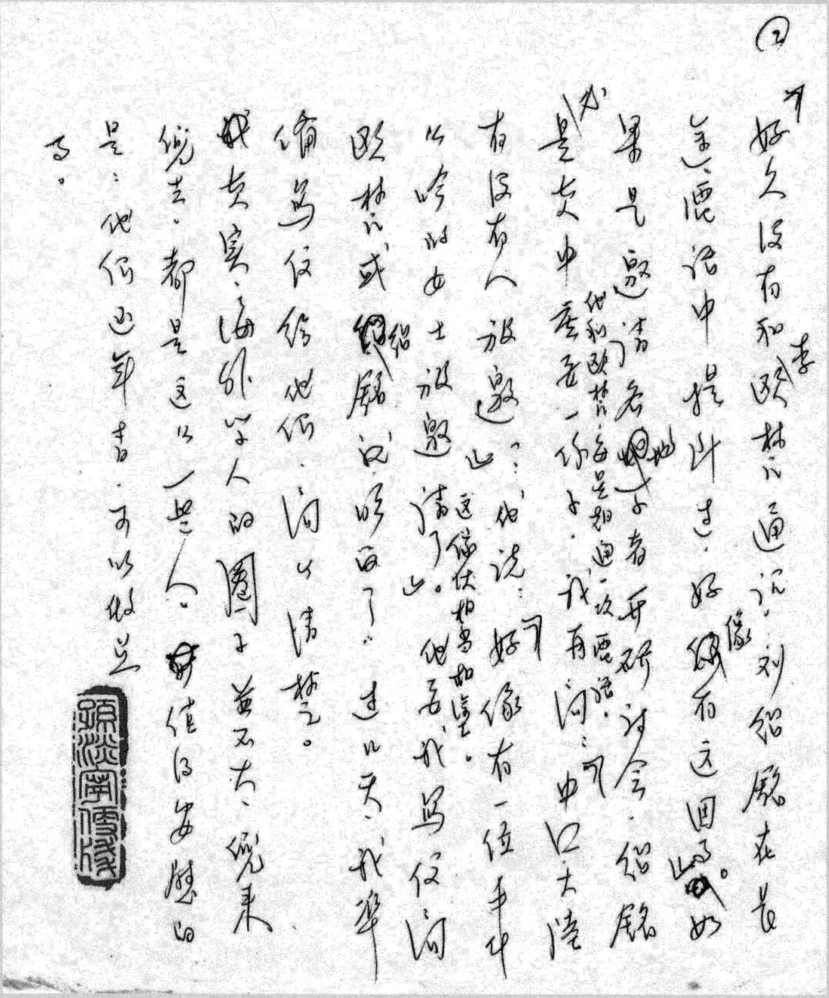

②

*好久没有和李欧梵通讯，刘绍铭在美、港报中提过此事，好像有这回事。如果是邀请名作家出席研讨会，绍铭（他和欧梵都是相通过一次电话。）是其中委员一份子。我有问：“中国大陆有没有人被邀？”他说：“好像有一位丰一吟的女士被邀请了。（这位你想必知道。）他要我写信问欧梵或绍铭就明白了。”过几天，我准备写信给他们，问个清楚。

我发觉，海外华人的圈子并不大，说来说去，都是这几个人。值得安慰的是：他们还算有心，可以做些事。

一九八二年三月一日孙淡宁致丰一吟（二）

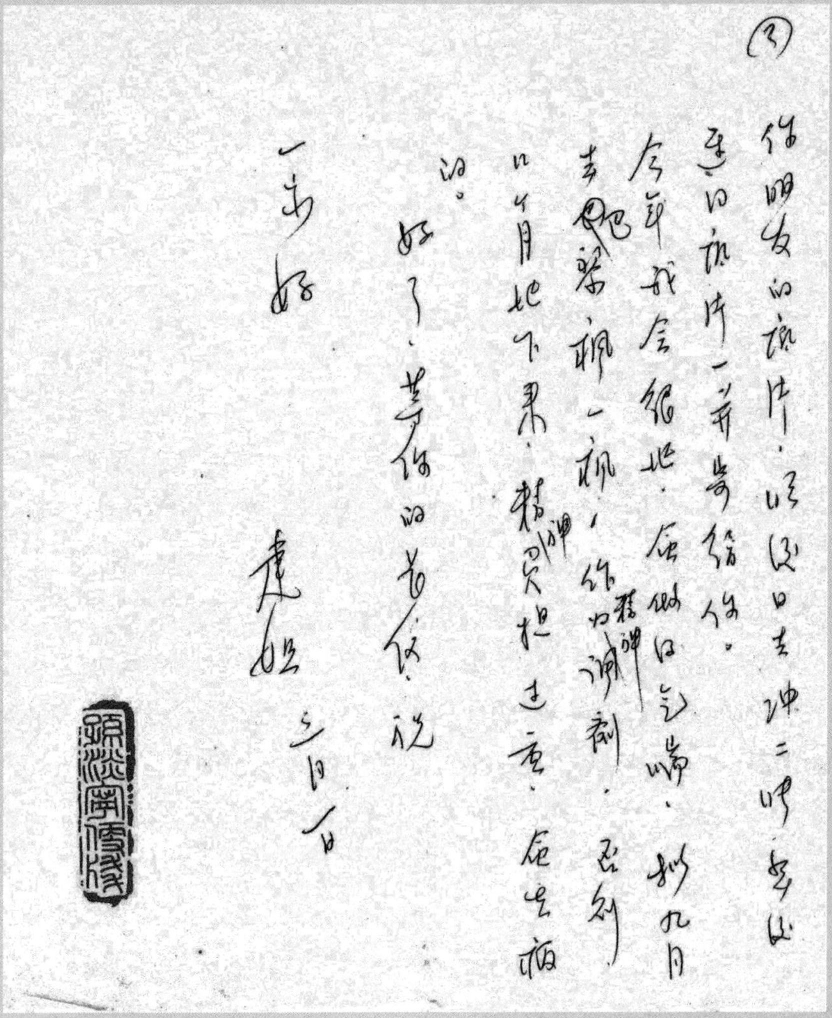

③

你朋友的照片，以後日去冲二张，出以

连同照片一并寄给你。

今年我会[illegible]地，会做日记吗，抄九月

来[illegible]桐一桐，给精神鼓励，不要

以后[illegible]月把下来，精神想过来，会出版

的。

好了，等你的长信说

一切好

建姐 三月一日

一九八二年三月一日孙淡宁致丰一吟（三）

沈定庵　1通

沈定庵（1927—2023），书法家，浙江文史研究馆馆员。

一吟姊：

刚从兰亭回家，接读大札，喜同睹面。彼此已有两三年不通音讯了，想念与时俱增，弟也多忙的，又怕写信，请谅。

嘱认丰老惠书年代，经仔细查阅，奉答如下：

两封信均为1974年。

1. 用毛笔写的一封为1974年9月14日上海发，1974年9月15日绍兴到。

2. 用墨水笔写的一封为1974年12月11日上海发，1974年12月12日绍兴到。

除以上两信外，我还保存着一个信封，1974年12月3日上海发，绍兴邮戳模糊不清。

没有信笺，可能是丰老赐寄“家住夕阳江上邨”漫画一幅所寄。未知是否，如有信笺，我一定什袭宝藏的。

又：新加坡沈鸿文先生数年前托我代求沙老[①]墨宝，我费了不少时间，终于替他求到了，并于1990年约11月间用航邮寄去。沈先生的地址，我处有两个名片，一是中文，一是英文，我因不谙外语，所以照中文的地址写寄：乌节路三五四号邵氏大楼八楼五号室新加坡○九二三邮区，不知您有否与他通讯，方便的话，烦代询问。因距离我付邮的时间已一个多月了，不见他的

① 指书法家沙孟海。

回信，如果丢失了，太可惜了。因为要再求沙老是困难了。上个月在灵隐写《药师经》，遇到玉佛寺都监明如法师，得悉常凯法师[1]已圆寂了，太息不已。梦全兄[2]我们常通讯，去冬曾与老伴去桐乡作客，承梦兄一家殷勤招待，还陪我们去石门、乌镇、梧桐参观瞻仰，在石门晤见丰桂[3]先生。因见当时我写的一付楹联，已是灰黄色，我近已按照梦兄录示的弘一大师联句重书一付寄去。草草及此，示未忘也。祝

全家吉羊如意！

沈定庵顿首

（1991年）元月十日晚

① 常凯法师，著名僧人，长于医学，长期弘法于新加坡。

② 指于梦全，浙江桐乡人。教育工作者，书画爱好者。

③ 丰桂，丰子恺堂侄女。

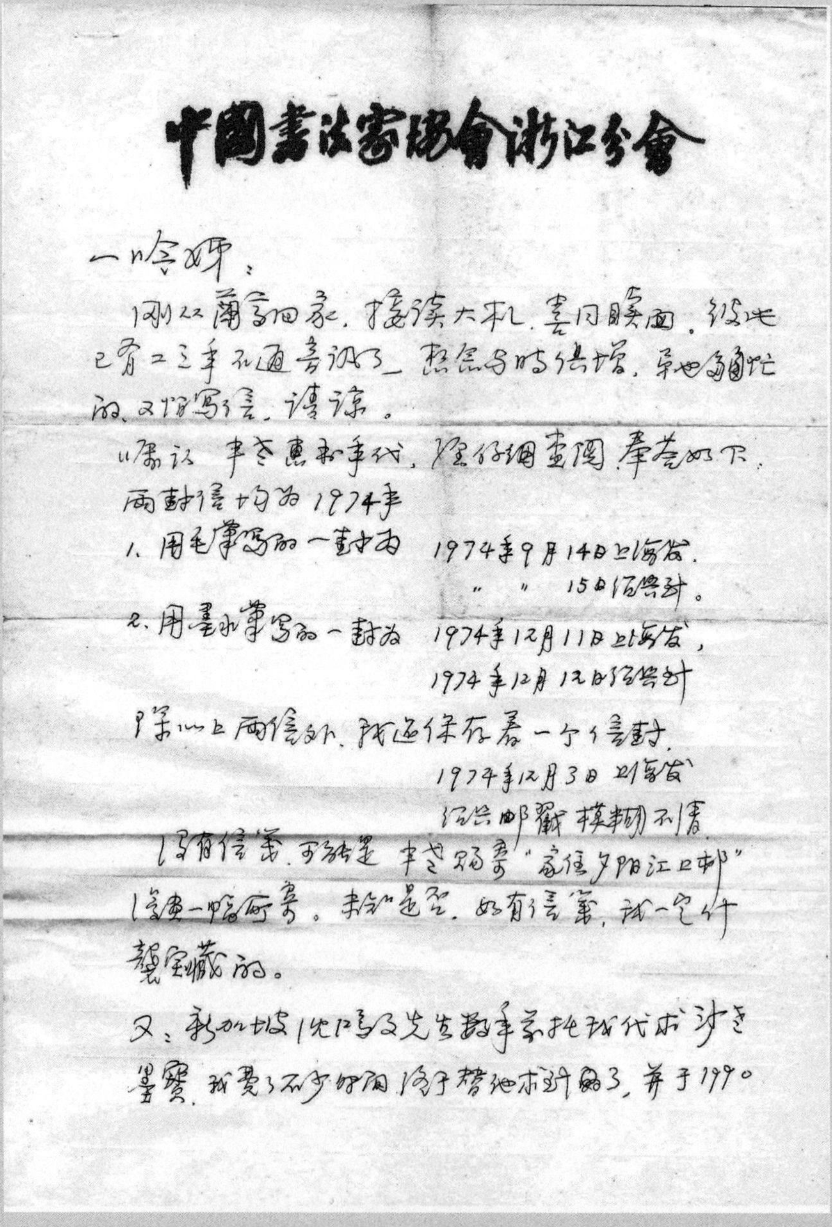

中國書法家協會浙江分會

一吟姊：

刚从兰溪回家，接读大札，喜闻赐函。彼此已有二三年不通音讯了。想您近时佳增，我也多忙的，又懒写信，请谅。

嘱认丰老惠我手迹，经仔细查阅，奉告如下：

两封信均为1974年

1、用毛笔写的一封为　1974年9月14日上海发，
　　　　　　　　　　　　"　"　15日绍兴到。

2、用圆珠笔写的一封为　1974年12月11日上海发，
　　　　　　　　　　　　1974年12月12日绍兴到

除以上两信外，我还保存着一个信封，
　　　　　　　　　　　　1974年12月3日　上海发
　　　　　　　　　　　　绍兴邮戳模糊不清

没有信笺，可能是丰老写赠"家住夕阳江上村"随画一幅所寄。丰翁是宝，如有信笺，我一定什袭宝藏的。

又：新加坡陈□□先生数年前托我代求沙老墨宝，我费了不少时间，终于替他求到两幅了，并于1990

一九九一年元月十日沈定庵致丰一吟（一）

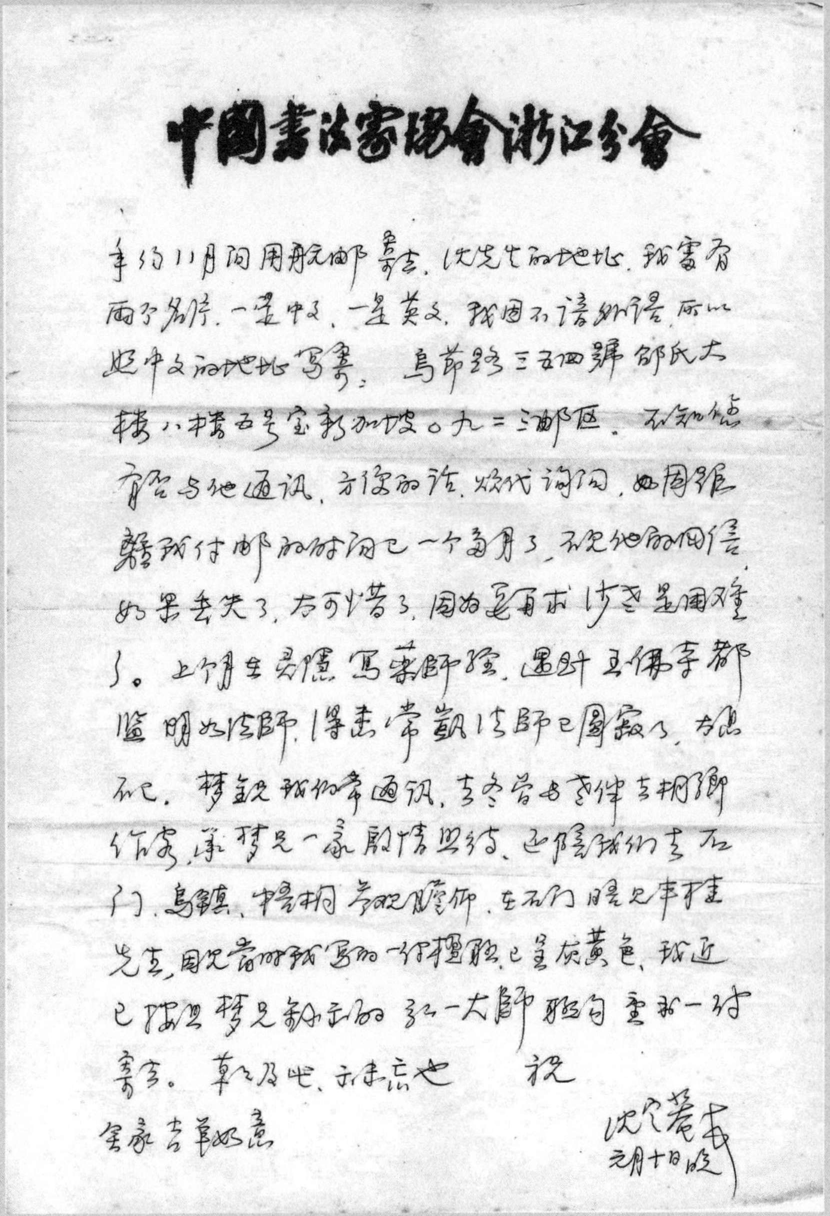
中國書法家協會浙江分會

去年11月间用航邮寄去，沈先生的地址，我寄有两个名片，一是中文，一是英文，我因不谙外语，所以照中文的地址写寄：乌节路三五四号邵氏大楼八楼五号室新加坡〇九二三邮区。不知能有否与他通讯，方便的话，烦代询问，如因很离我付邮的时间已一个多月了，不见他的回信，如果丢失了，太可惜了，因为还有本诗笺是困难了。上个月去书隐写弘师传，遇叶王佛李郁监明如法师，得悉常觐法师已圆寂了，太遗憾了。梦鸥我们常通讯，去冬曾由他陪去桐乡作客，蒙梦鸥一家殷情照待，还陪我们去石门、乌镇、中华桐乡参观展览，在石门瞻见丰子恺先生，因见当时我写的一张横照已呈灰黄色，我还已托梦鸥新近的弘一大师照片重新一张寄去。草草及此，余容后述　祝

全家吉祥如意

沈定庵

元月十日晚

一九九一年元月十日沈定庵致丰一吟（二）

周颖南　1通

周颖南（1929—2014），新加坡作家，新加坡同乐餐饮集团创始人。编著有《迎春夜话》《颖南选集》等。

一吟：

谢谢您十一月廿四日的来信。

拙著已寄到尊斋，令人高兴。拙著的文字是两年前交的，我原想《年谱与诗词》若新加坡无法出版，可以别谋良法，才把序文交出。为了这本书，我费了不少精神。圣翁[①]还题了封面和写了诗笺。现在只好留作纪念了。[②]

“李叔同纪念室”即将在虎跑开幕，将来到杭州，又多了一个去处，这确是好消息。

中国出书较慢。我等待您的《源氏物语》下册。

专此即请

撰安。

周颖南上

一九八三年十二月一日

---

① 即叶圣陶。

② 此处有删节。

毕克官　8通

毕克官（1931—2013），漫画家。深受丰子恺影响，曾先后发表学习研究“子恺漫画”的文章40余篇。

1

一吟同志：

您好！

丰先生离开我们不觉已三年了。趁此三周年祭日，让我们向他老人家致以深切悼念。在这里并向丰师母和您致以诚挚慰问。

还在三月之前，我曾建议《文汇报》文艺部同志，趁三周年之际，发表文章予以纪念，并曾建议约您写此文。[①] 后来他们回信，表示约我写一篇一画一评的文章。因与我原意不合，我没有应约。最近期间不知上海报纸曾与您联系否？

关于写学习丰先生画的心得体会，这原是我久有的心愿，但这文章不是三言二语所能表达，应是较长期的考虑准备的结果。如果自己缺乏创作体验，也难说得中肯。谈丰先生画，一般泛泛而谈不难，谈得切中关键则不易。这应是长期思考的课题。丰先生生前曾反复指教，受益极大。以后也希望能取得您在各方面的帮助。有机会来沪时，也想看看您这里保藏的一些遗作。

元草同志时来舍下聊天，他近有志于画道，家务百忙之中有此决心，也是值得学习的。

① 此处有删节。

您有什么译著，盼能寄赠，以资学习。

问丰师母好，您全家好！

此致

敬礼！

毕克官　（1978年）9.12

2

一吟同志：

你好！我在《光明日报》文章还有两段未完，但谈到丰先生画的两篇，均已刊出，现寄来请指正参考。

由于我学习丰先生画风，很需要些参考材料，且一些印刷品印制不清，很伤脑筋。人物的线条简单清晰还好办，风景则简直看着困难。想问问您，不知您手头有没有丰先生的风景画？尤其是画山、画树的（例如有幅《鲫鱼背》《黄山蒲团松》《树老阅人多》等），如有，请考虑能否借几幅给我（挂号寄到家中即可），倘有所不便则待以后再说。如蒙寄借，我当妥为保管，用些时即寄还。我知道这些遗作对您说来都是珍贵的纪念品，不会轻易拿到外面的。所以倘不方便，则也不必为难。这是实在话。此祝

近佳！

毕克官　（1979年）2.20

关于丰先生的文艺生涯和漫画，不知现在海内外有人计划研究否？如有，盼通通气，为感！

3[①]

一吟同志：

很快收到回信，谢谢。

很遗憾，我想看的几幅画，找不到着落。好在我为的是学习画风、画法，不一定非要这几幅不可。我将与元草联系，看他能否提供一点。他一定也会乐于相助的。但因都忙，近来相见较少。如果你这里有接近风景（指有山、有树）的，请选少数挂寄给我。倘没有，也就算了，待以后再说。画蒙寄到，我一定妥为珍存。在我说，这些遗作的价值（不是指经济价值）我是知道的。画存在私人之手，它们都是国家和民族的财富呢！老实说，我手头珍藏元草赠我那幅（放风筝的），谁要想借去，我也不一定愿意的。因此，对你的热心相助，尽管未成实事，也是十分感谢的。

得知有人编写年谱，非常高兴。本来就想建议元草做这事（因你正在忙中），如果真没人做，我也乐于从头做起。现在已有人做，太好了。对丰先生绘画，我想研究，但决非朝夕可实现（因相当艰巨）。目前，先只从侧面进行一些而已（如已发表小文所涉及）。关于港澳报刊，我倒没顾虑，如有适合者，当烦你协助。我已画成50幅“子恺画式”的儿童画，在国内深感知音者少，以后如有愿意出版的，我也乐于请你代为留意，届时我将从学习丰先生的角度（包括生前他的屡次教导）写文附录画后。这等事，在当前的国内出版条件说，似顾及不到的。当然，所言者，也只是请你代为留心而已。当今，香港方面已大力登刊出版内地作品，只是得有门路，一般年龄大的门路较多。

此祝

全家好！

毕克官　（1979年）2.25

我很需要关于丰先生创作经验体会的材料，请代留意。国外如有先生生前友好写的回忆文章，你如得到了，盼借我一看，一定奉还。

---

① 此信有部分删节。

你好意借我画，但不必多寄来（如有风景的话），一次多寄似非上策，请留意。

都是谁在编年谱、诗集，以后盼顺便一告。

4

一吟同志：

画及信均及时收到，勿念。承您热情把珍藏的老人家的遗作，借我学习，太感谢了。上次我说过，如果有人借我的这幅，我不乐意；因此，对您的热情，深知份量。我保证一月之后即奉还于您。

关于写文，我有两步打算。先是写一篇回忆式的东西，记叙向丰老师讨教的经过、情况、受到的教益，即偏重记叙性的个人见闻、收获。下一步想力争写出一篇对丰老画的研究性的文章（当然只能有侧重，例如那些“民间相”的内容和艺术技巧方面的成就）。前者不太难写，后者则不易。丰老师的画与文学与诗相通，他受诗的启发很大，因此，研究丰画不涉及这些就不行，所以我以前说过的“吃力”，就在于此。不作些准备是不行的。草草写来，反而不好。为此，我一边得看书（看画论、看诗论等等），一边还须访问一些了解丰老的人。本来，上半年要来沪出差（有个肖像讨论会），但一时又无消息。最近想，能否就以访问为由提出出差计划？另外，再找点其他理由（我今年要完成一本四万字的《漫画常识》，上海人美约稿）合起来，五月份专来一次，也许可以批准。但得报个计划，访问谁？看什么画？等等。所以，您提供一些名单很有必要。如还有，请继续告诉我。免得空空洞洞，人家说游山玩水。杭州有了解丰老的老人么？我想去的，最好能提供几位。文学家不要漏了。

我没拜丰老为师，但我几十年来是以师长看待丰老的，以前没有机会说这些。我从小在农村欣赏坑头上的民间年画。到了初中，在山东的中学偶尔看到了丰老的画册，印象至今深极了。这两样画，从此就影响着我，不但走上美术之途，而至今还影响着我。一般时间，我配合任务，画些国际、内部漫画，但从内心喜欢的是“子恺漫画”式的画，常画了贴在自家墙上，自己欣赏，这与丰老当初是一样的。之后《北京晚报》等刊物，多少拿点去发表，但也不是能为更多刊物所欣赏。之后我又曾为这种画受过批评、批判，自己也否定、肯定，但奇怪的是，越来越坚定了走“子恺漫画”路子的决心。“文大”[①]之后，下了决心，年老以后以此为重点创作，并以此为求个人风格，不少好友也认为我画一般漫画个人风格不突出（这又是漫画界通病！）而那种宣纸画则有独特风格，即“丰子恺式的”，鼓励我多多发展这种画，选为自己的个人风格。也是实情，当前国内外，也只有我一人画这种“丰子恺式”的画。屈指算来，从58、59年起，已廿年了。

我已49岁，已学了廿年了。前廿年（实则十年）是模仿阶段。只在前年底去年初，我下了决心，重新握笔，并力求创新，学老师，又必须有自己的发展。但又很难，因我文学修养不够，又要学，又要创，是有困难的，但也只有如此了。

您介绍的一些情况很有用。我也急需练字。（我的字很差，简直不像书法！！！）遗憾的是，丰老给我的毛笔信也没有了，不能较成篇地领会他字的好处。关于丰老的艺术见解、作画体会，凡有记载（例如书信）的，均盼介绍（出版的书就不用介绍了）。

元草上周来玩，带来三张画，他也很热情，支持我的学习。也提到新枚处的画，新枚的心情我完全能理解（听说他还写了“遗嘱”），我与他见过一面，可能他忘了，能让我看画更好，一时不愿，不必勉强。

元草也在别人的基础上整书目，已嘱补充，我查了我院大资料库卡片（是文联各协和文化部的书集中一起的），计有40本左右，但“冷门”似不多，只一本儿童读物，什么“魔鬼的××”，从未听说过。拿到元草所编的后，当对照补上，然后叫他给你如何？十天后我到他家去。（顺便看广洽法师所编书信集。）

谢谢你代为向海外介绍，如有可能，我想写第一篇去，一是易于上手，

① 即“文化大革命”。

二是适合海外侨胞，且这种稿国内园地较少。画集事，我不过是想法，原非请您即刻进行，进行了人家也为难，因没见过东西。我时下已画新稿50幅。继续画下去，争取开个小型展览（明年6.1？），也争取到上海找个公园展一下，以后或许国内更解放些，园地更多些？

匆匆此复。

全家好！

毕克官　（1979年）3.8

《工人日报》的资料已出，我已开了名单，请他们寄您。其中涉及丰老的一篇，对老人家早年观点一分为二，有所分析。我以为，因现在提倡评论实事求是，该怎样就怎样，不应吹捧，也不应歧视；二是因过去漫界有些不同看法，我倘讲一面，人家会说不全面，为了艺术学科的科学性，这样做就更好些，特说明。

5[①]

一吟同志：

我的复信想已收见了吧？为能使您尽快工作，我还是把所见的图书目录抄给您吧，免得延误了时间。

您寄借的五张画，还是很好的。简或繁一样，重在画意和境界。我以为《水落石出》一幅很精彩，并不亚于有些复杂画面的。为您珍藏到这一幅而高兴。

我们研究院[②]正在筹办一个理论刊物《文艺研究》，主要发表各所研究成果。他们近日得知我有志于探讨恺师艺术后，颇有兴趣，表示是有意义的工作，愿意向我约稿。这既促进了我的积极性，也坚定了我的信心。由于是院刊，因而就有“任务”的性质，这样我打算南下调研访问的提法，理由就更充足了。估计五六月间此行可望实现。上信提到的杭州有否可访问对象，请帮我考虑

① 此信有部分删节。

② 指中国艺术研究院。毕克官于1974年起在该院下属美术研究所工作，曾任美术研究所所长。

一下。（您姑母家有人了解情况吗？以前有位书法家马 × 叟[①]先生，已去世否？）

我还是想照原计划写作。如果新加坡方面有兴趣约稿，我想先写出那篇回忆录式的东西。因已初步拟出了提纲，写起来很快即可完成。这种形式内容，较为亲切生动（既谈艺术又谈接触，又可涉及亲朋子女），包括面广，像聊家常一样，对于广大读者和海外同胞更为合适。先着手这一篇。也可以为下一篇做些准备工作。

我写这两篇东西，我爱人和孩子都支持。您可能不知道，我一男一女都是恺师给起的名字，女儿叫宛婴，儿子叫枫民。尤其女儿，因见过丰爷爷的面，年纪也大些，更是有感情。由于去年考入北京师院中文系，所以还帮我出主意如何写法。遗憾的是丰爷爷给他命名的那张画《豌豆樱桃分儿女，草草春风又一年》也在“文化大革命”中一起不见了。

我 62 年在《人民日报》发表的《宛婴日记》一文，原稿曾得到恺师的润饰审稿；另二幅小画因在政协会间发表在《人民日报》上，恺师在小组会曾提到：像这样的小花也应当开放。这两件东西都是有着纪念意义的，下次当把复制品寄给您作为纪念。近来打搅您太多了，很抱歉。

敬礼！

毕克官　（1979 年）3.13

又：

元草现在整洁一新，这次在我家，新衣、新鞋（而且皮鞋），焕然新装了，师母和你可以放心了。（他对我说起你写信惦念一事。一笑，朋友的“状”告中了。）

又：

年谱你见到否？关于恺师先后来京开会的时间能否下次来信（不必专为此写）给我提供一下？（包括那次住东风饭店。）

年谱中关于文艺方面的活动、往来尤应重视，请留意。几次来京的过往

---

① 似指马一浮，号蠲叟。然马一浮 1967 年即已过世。

内容也较重要。可体现老人家与国家、集体的关系。（如给华君武著作[①]写书名等等也都不应忽视。）

6[②]

一吟同志：

九月十七日信收见。勿念。所嘱各项，当酌情实行。

正巧，今日收到香港一从内地出去的漫友寄来了刚刚出版的九月号《明报》月刊，见到了你们各位在老师家前所拍照片，既亲切又感叹，不禁使我回忆起五月份经常相晤的那些日子。你、阿宝姐及莫先生的文章都读过了。因该刊不能进口，那位漫友撕下了“纪念丰子恺专页”，所以我才顺利收到。谢谢他的。

见该刊所刊，明川小姐所写《年表补遗》[③]小文提到她本想写评传，但实因资料不全而放弃，改变主意，说“至于评传，就深盼丰先生最亲近的人去完成了”。经她这一说，更增加了我的决心。我当然不敢说是“最亲近的人”，但我觉得至少比海外同胞写来便当一些。尤其我有个感觉，海外同胞热情很大，这是可感佩的，是需要这样的精神。但所出各书、各文均不深入，大同小异，其中也有少数凑热闹的，使得出版物粗糙，所选诸画未见得是老师的佳作。我以为这样长此下去也不是办法。（当前还是应肯定其作用的。）因此，我们要亲自动手，利用较方便的条件，尽可能做得更好一点，当然难度很大，可是总得去试试的。这样，就坚定了我写评传的决心。与其海外凑合写，何不我们自己写？不知你的看法如何？当然，总的精神是评传，具体写成什么样，写下去看吧！为此，也请你必要时造造舆论（当然不是说去宣传），一者取得多方关心、帮助；二者也公诸计划于众，可能有其好处，有利于我们工作。

---

① 指华君武《我怎样想和怎样画漫画》一书，上海人民美术出版社 1962 出版。

② 此信有部分删节。

③ 指卢玮銮以笔名“明川”发表在《明报》月刊 1979 年第 9 期上的《丰子恺先生年表补遗》。

有见于海外宣传状况，我就极望你们的传记能尽快、尽好地写。还是那话，与其海外写，不如我们自己写，肯定会写得更好点。上次问你字数等等，目的在于我构思时参考，我偏重于那方面写，想知道你们文章的容量多大。看来你们是事迹（编年）、材料，而我是侧重问题、艺术成就、经验方面。这两种不同，都需要，如能完成，正可以相互补充呢！以上只是考虑到目前的想法，你们有何高见，亦望随时相告。我漫画文章已脱稿，可能还得修改一下，但工程不会太大。十月份我将参加文代会（我被选为中央机关 34 名代表之一）。会后可能就可以动手评传工作了。

我对老师，完全出于热爱老人家的艺术及经验。我自以为并非属于盲目从名气出发。所以我之对老师，完全是一个艺徒自发地敬仰。（当然，不是搞艺术的，由于敬仰老师的人品也会发自内心地敬仰。）所以，下了决心继承老师的艺术经验。在老师生前，我们通信时，就师徒相称，我一直是称老师的。问题是那时我太年轻，还没有做出一点成绩来，有辜老师的指导。所以，我越发明确自己是老师的学生，并且以艺术实践来验证自己的“宣言”。这里面应该不存在什么客气的问题。学生就是学生。希望你能对师母说明我的心意。我的性情是不喜欢搞花哨——形式，我想象有些做法如作揖、鞠躬，还有什么拜师手续，还不如实际行动更好。正因此，在老师生前我也没多表白什么，仅只是学习、学习、学习。

就说到这里吧！没有什么急事的话，你先不必回信，因你们很忙，以后再聊。

向师母问好！此祝

近佳！

克官　（1979 年）9.22

《年表》寄到，请即寄来。海外有什么出版物，亦望关照之。

7

一吟同志：

谨以这篇学习笔记，纪念先师五周年忌辰，并敬祝师母身体安康。此致敬礼！

毕克官

八〇.九.八.北京

8

一吟同志：

你好。丰师母及老崔同志[①]均好。

收到《资料》，不胜欣慰。虽属内部，亦总算付诸铅字了。尤其内容丰富，读来亲切感人，实为编辑者的至诚所感动。

我因近来忙于赶稿子，分秒都争，加上一时无什急事，所以写信少了些，希能原谅。因年底之前，要把在杭州连载的漫画史话，整理并凑成25篇交稿，他们想出个小册子。查资料、翻照片的事头绪繁多，抽身不得。

北京人美先师画集子在进行中。序文尚未排出，中国之事，“一万年不久”，所以慢慢腾腾！

关于对先师艺术的研究，当然要继续进行。只是1981年，想暂停一阵，因我急于要突击中国漫画史。此史一片空白，像我这样的岗位，义不容辞也！人在杭州发了几篇，就引起外国人的注意，或来信，或上门，因为他们都在写中国漫画史！这样，我们不赶不行了。我已多年收集资料，与一同志合作，尚有条件。

所以关于先师的系统研究，推迟一下。好在经过大家努力，“舆论”已造出一些，从目前中国漫画研究状况说，暂缓一年，也不算落后。且这一年中，

① 指丰一吟丈夫崔锦钧。崔锦钧是画家、工艺美术师，曾师从林风眠、关良、邓白和李可染。

思考问题，作出准备，也是必要的。不等于放弃了工作。所以还望得到你们的继续支援。但画论选编的工作想明年继续进行，进行补充。只是尚未商洽出版社，不知什么出版部门有兴趣，有便你亦可代摸摸底。（得有兴趣的才好，无兴趣者等于对牛弹琴！）

挪威一个叫何莫邪的，是奥斯陆大学的副教授，34 岁，去年来过中国，说见到过华瞻。已写好《丰子恺小传》正付印中。此人与我一直通信，我给了他不少资料。他亦研究中国漫画。不知此事你知道否？特告。

上海人美画集事如何？老实说，我对国内外所出先师画集都不满意。可惜我没有自由自己选一本。不精选，实则是对先师不利的。许多杰作人多不见，遗憾！

我的《小中见大　弦外余音》一文在美术界有反应。一过去似对先师不甚了解（可能看法片面）的艺术家说“写得好”。其实，我正是要以理服人，“崇拜”不是无根据的啊！可见细致的评论，而不是捧场，十分重要。

阿宝、林先姐久未通信，盼问好。老胡、文彦君亦代致意。“胡经理”可能忙坏了，彦君不能回上海吗？念念。

毕克官　1980.11.25

明川今夏来过内地？

广洽法师我尚未去信打搅（要墨宝事）。

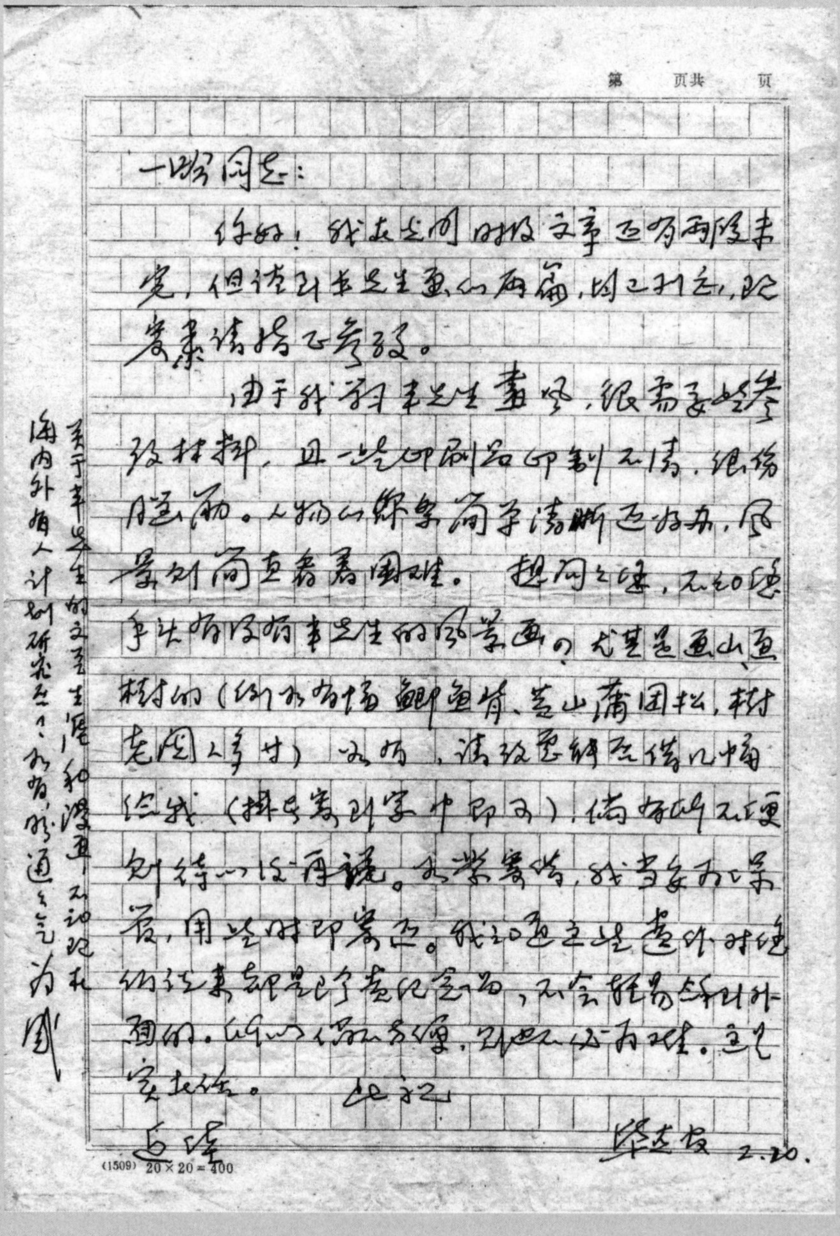

第　页共　页

一吟同志：

你好！我在这期间的文章还有两段未完，但谈到丰先生画的两篇，均已打出，现寄来请指正参考。

由于我学习丰先生画风，很需要些参考材料，且一些印刷品印制不清，很伤脑筋。人物的形象简单清晰还好办，风景则简直看着困难。想了之后，不知您手头有没有丰先生的风景画？尤其是画山画树的（例如有名的鲫鱼背、黄山蒲团松，树老图人寿世）之类，请设法选借几幅给我（挂号寄到家中即可）。倘若有所不便，则待以后再议。如蒙赏借，我当妥为保存，用毕即时寄还。我的画主要是画外形，结构的细节部分是自己意想和创造出来的，不会轻易给外人的。所以借用方便，否则也不为难。这是实在话。

敬礼

近安

克官　2.20.

关于丰先生的文学生涯和漫画，不知现在海内外有人计划研究否？如有，我想通通气。为感

(1509)　20×20＝400

一九七九年二月二十日毕克官致丰一吟

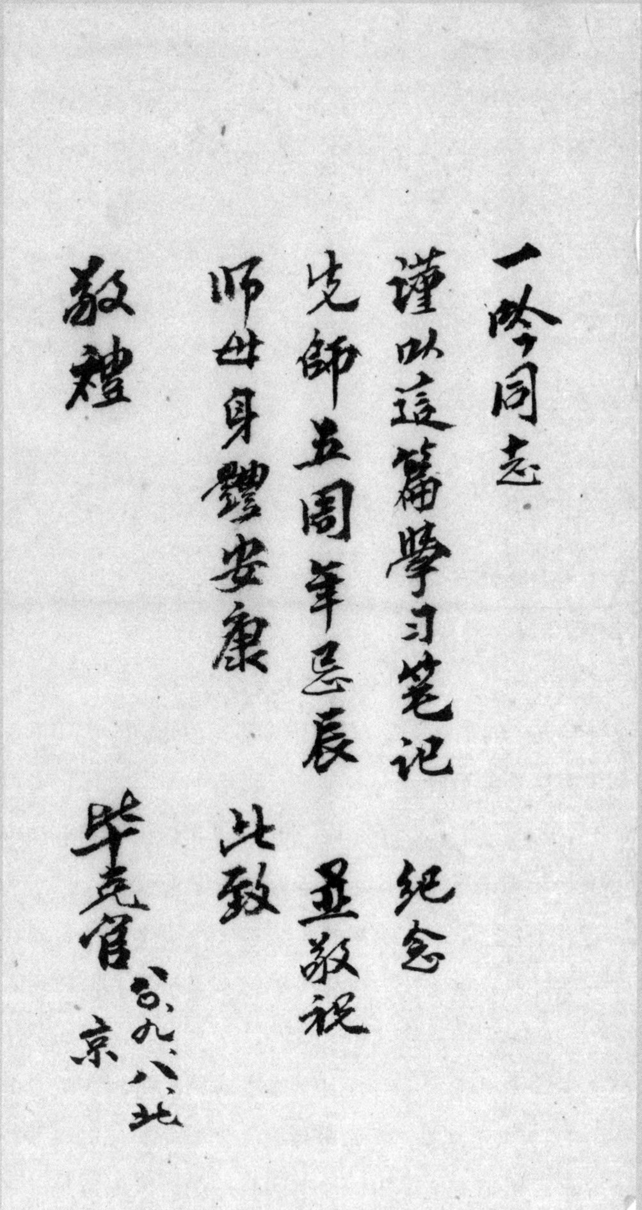

一吟同志

谨以這篇學习笔记 纪念

先師五周年忌辰 並敬祝

师母身體安康 此致

敬禮

毕克官 八〇、九、八、北京

一九八零年九月八日毕克官致丰一吟

卢玮銮　7通

卢玮銮（1939—　），笔名明川、小思，香港作家、学者、教育家。

1

一吟同志：

你好！很冒昧寄这封信给你，因为莫一点先生说我可以跟你通讯，加上最近丰先生的获得平反，骨灰举行安葬仪式，你写的文章，潘文彦君写的《年表》等等，使我十分激动，忍不住执起笔来寄信给你。

我自小就爱丰先生的画和随笔。虽然十多年来没看到丰先生的新作品了，但先生的画意文意却是常新的。十多年来，我是个中学教师，实在希望青年一代都能看懂先生的赤子之心，于是跟一群朋友大力在香港推动丰先生的作品，特别是他的漫画。为了方便现代生活于香港青年人了解，我大胆仿效了《护生画集》的方法，许愿把丰先生的漫画每幅加一小段文章，每周在一份学生报纸上刊出，一直写了几年，现在也印成单行本了。我寄给你一本，请代献于丰先生灵前。

又因为丰先生曾说过他青年时代到日本去时，购得竹久梦二的画册，深受他的影响，我在1974年到日本流浪兼留学，便购了竹二的画册一本，带回香港，几经转折才送到丰先生手中，他也回我一信。（现在想起来，那正是四人帮当道时候。我这样做，实在对丰先生十分不利。）很可惜，不久，他便去世了。我在日本京都大学人文科学研究院念书时，曾应日本关西汉学会国际学人会之邀，做了个专题演讲，题目就是“从缘缘堂随笔看丰子恺的儿童相”。当日吉川幸次郎[①]先生也在席上。会后，也有些美国学者向我问起丰先生。可惜，当时我并不知道丰先生的情况。

丰先生去世消息很迟才传到香港来，香港报上也有许多人写了纪念文章。（如你需要，我可复印给你。）而我们也在一份《大拇指》学生刊物中出了纪念专辑。（“大拇指”一名，也是从丰先生一篇文章：《手指》中取来的。）现在我把这版寄上。

最近，我把没有收入《缘缘堂随笔》的文章，选取了些，出版了一本《缘缘堂集外遗文》[②]，快可面世，我会寄上一册。（我也在香港中文大学的文化周演讲会中，做了专题演讲：“从《缘缘堂集外遗文》看丰子恺的精神面貌”。）看了潘文彦君的《年表》，我也大胆地作了些补订。

一口气向你说了许多，只想让你知道，你父亲虽然死了，但最近十年来，在遥遥的香港，仍有许多青年人在纪念他。

祝好！

卢玮銮

1979.8.10

又：我的笔名是明川。

2

一吟女士：

前日寄了一封信给你，想已收到。

《丰子恺漫画选绎》[③]一书，想等你来信，说方便寄来才寄出，到时用空邮寄，大概一星期便收到了。

现寄上《护生画集选集》前言及版权页复印一份，因这是在香港一九

① 吉川幸次郎，日本汉学家，曾在 1940 年将丰子恺散文《缘缘堂随笔》译介到日本。

② 卢玮銮整理、编辑的《缘缘堂集外遗文》于 1979 年 10 月由香港文学社出版。后文出现的“《遗文》”即指此书。

③ 卢玮銮《丰子恺漫画选绎》于 1976 年由香港纯一出版社出版。后文出现的“《选绎》”即指此书。

七八年才出版，未见收入著作编目中，特地寄上以便您们参考。

另有《潇潇风神永忆渠》一文，是我用小思为笔名（这是我用得最多的笔名。明川，专用于写丰先生的）写的，并请代转一份给潘文彦先生。

祝好。

玮銮

1979.8.14

3

一吟女士：

日前寄上一信和拙作复印两份（报上题目误作"潇潇风神永忆渠"，我已在报上作了更正），未知收到否？

现在寄上的是《丰子恺漫画选绎》及《丰子恺选集》。其中第一本，请你给我批评及指导。第二本是本港最近出版的，编者是谁，什么立场，我都不知道，寄给你以作资料保存而已。

前信提及我出版《缘缘堂集外遗文》一书，现正付梓。出版人许先生偶与马国权先生提及，马先生认为封面最理想由你来题，而我更想到如果你肯为此书写个序言，那更富意义。于是马先生立刻写了一封信给你，出版人更把此书的凡例、后记、目录复印寄给你。如你看过，认为没有问题，而又方便的话，就恕我大胆，请你给这书写点东西，这对香港爱丰先生的读者来说，一定有说不出的快慰。

又由于我能看到的丰先生作品集只有九种，所以在《编后小记》中就说了"九本集子"的错话。看了潘文彦先生编的作品年表，才知道自己的无知。如果你愿写序，大可提出来。（当然，我也准备在报上"认错"，及加以更正，但由于潘先生的《年表》封面写上了"请勿刊印"四字，我又不敢在报上提及。）

由于近日生病，精神不大好，匆匆写来，请原谅我的冒昧！

祝好！

卢玮銮

1979.8.21

4

一吟女士：

捧读八月二十日来信，知道丰先生看到《出帆》[①]一书时的反应，心中真有说不出的滋味。从你抄来的通信录中，最后一条说收到 75.5.30 日来信，“作信复谢，赠陶诗‘盛年不重来’”，看似丰先生曾再写信给我，但我只收到 75.1.17 一函（我好好保存着），是不是最后一信寄失了？

有关丰先生的文字，我写得并不多，多年来是尽心收集有关他老人家的资料，为慎重计，并未敢妄然动笔，但我仍愿把它们寄给你看。另在香港，写文字纪念丰先生的人很多，我现复印了寄给你和潘文彦先生各一份。又接潘先生来信，原来你们还未知道《年表》已出版，故现也寄上两册，如有需要，请来信，我会再寄。

潘先生又托人带来《诗词集》，信中说具体处理办法容后告诉。我回信说，如有用得着我的话，请告诉我，让我也对丰先生表一点心意。在香港，搞出版十分方便。

我出版了《缘缘堂集外遗文》后，准备再出《丰子恺先生纪念集》，现在能跟你联络上，当然听取您们的意见了。

1974 年我没到上海，1976 年夏我是到过，但因跟团体一起走，没有逗留得久，我也不敢问有关丰先生的事情。不过，我已许了愿，他日必要到丰先生灵前致祭。希望不久，便有这机会。

你在《南洋商报》上的文章，我没看到，请告诉我出版日子，我会找到。

复印资料邮寄不够快，所以先寄此信。相信，很快你便看到它们了，请

---

① 指竹久梦二的自传体图文小说《出帆》，卢玮銮曾于 1975 年托罗承勋代寄丰子恺《出帆》一册。

告诉我你的感想和意见。

莫一点跟你拍照片，我收到了，现在也寄上我的照片一张，是在家中拍的。

又：来信，请别客气称我女士，就叫我的名字罢。真的，由于丰先生的关系，在感情上，我对你很有亲切感。

祝好！

玮銮

1979.8.29

5

一吟姐：

寄来的两篇序言及20/9、27/9信均收妥，实在十分感谢你在百忙中为我执笔，使两书增添了亲切的意义。《遗文集》的序言，我只改动了两点：

（1）“竹久梦二的漫画”改为“竹久梦二的画”。

（2）“京都大学国际……”改为“京都国际……”（因该会乃全日本性，不属京都大学主办）。

有关《选绎》的序言，因出版人仍未决定再版（这点真令我生气，他没有给我稿费，我无条件给了他出版，现在他却占为已有，大家是朋友，又不好意思拿回来自己出版），如再版，自当把稿放在孙女士之后，请放心。文中我打算删去“女士”二字，或改用“明川”（因读者熟识明川），你认为如何？

关国煊，我不知道是什么人，如果他用笔名发表作品，则我会知道笔名是谁及写过什么有关丰先生的文章。

现在寄上李立明《中国现代六百家小传》（不是《现代中国作家评传》）有关丰先生的部分。而所谓朱彦容编的著作目录，说起来又是一段香港出版界的“怪事”。七六年左右，因丰先生的漫画集早已脱销，而我的《选绎》出版后，引起一些人对丰先生的漫画注意了（那是指中学生或还年青的读者，他们没见过丰先生的画），但没有漫画集可看，有一个朋友就对我说：为了推动介绍丰先生，应该重印该本。他知道我手头有书，便请我借给他。由于我认为书出版了，青年人便可多接触丰先生作品，也便答应了，但要求他不要把书价定得太贵。书快出版，他又对我说，为了使该书有点特别，最好在书后由我写个序介绍一下，那时我正忙，也感到许多资料还没整理好，不想胡乱动笔，就对他说不如放个著作简表吧！便把资料交给我的另一个朋友朱彦容，请她抄列出来。那段时间我忙得连抄列稿都没空看，出版者便急急拿了去排印。书出来时，错误疏漏地方很多，又没有好好校对，这使我很不开心。怎料事情还未了结，书一下子卖光了（我只得回一本），他居然又把书版卖给另一家书局再翻印，这就是成生华实书店和波文书店两版。波文的老板我也认识，他大概怕我追究，出书时就把末一行（我的名字）钉去，这就是人家不知道那年表与我有关系的原因。现在也一并寄上该复印给你看。该年表很多错，但却因从没有人开列过丰先生著作年表，于是香港南通书店翻印丰先生画集时也抄上了，谢冰莹①在一本佛教杂志《内明》中写怀念丰先生文章也引用了，二者均删去出处不提，而我错的地方，他们也照样抄错，这真使我啼笑皆非。希望他日你出的《著作年表》大力纠正这些不可原谅的错漏。

最近又有人在报上写丰先生的资料，现也寄给你。

谢谢你告诉了我有关你家的近况，看起来，我实在觉得十分亲切。告诉你一个故事：自从《明报》月刊登了你们的照片后，有一个朋友很痛苦地说："唉！我没法子接受这事实，漫画里、随笔里的阿宝、一吟已经长大了！我脑中，她们永远是小孩子模样啊！"这证明丰先生笔下的你们，早已在读者心中深深刻下不可改变的印象了。

提到如出纪念集，可加一幅《缘缘堂图》，那真是个好主意，就请你们继续写下去，因为那是丰先生念念不忘的地方啊！我现正努力收集、考究、排列各项资料。这纪念集，我不急急出版，一定要做得最好，我正在储蓄一笔钱，为这纪念集作出版费。（我不求出版人或书店帮忙。）

由于我现任教中文大学，工作很忙，恐怕今年没法子抽身来上海，但明

---

① 谢冰莹，现代女作家，喜爱丰子恺漫画，其《从军日记》的封面即由丰子恺三女儿丰宁欣所绘。

年，我一定会来，因为我想见见你们，祭祭丰先生，也想到石门湾去一趟。

匆匆赶着付邮，下次我告诉你，关于我的近况。

祝好！

请代我向丰老太太及各人问好！

玮銮

1979.10.5

6

一吟姐：

电报早就收妥，也立刻通知《开卷》负责人把稿子上机排印了。18/10、19/10两信也收到。首先谢谢你对我的信任，文章作者应该有绝对决定的权力，这是我一定征询了你意见才敢转载的原因。关于稿费问题，我的看法刚和你相反。因为如果不是朋友，我不会跟他有什么出版、学术上的关联。那我根本不考虑把稿交给他发表和出版。既是朋友，就得讲道义。（不讲道义的出版商，我会远远避开。）怎可以不尽责任？尤其对外地来稿，不一定是作者需要那几十块钱。（香港稿费很低，许多作家正在埋怨。）但权利总该尊重。因此，在《开卷》要稿时，我已说明一定得给稿费。此外，《遗文》的序文和《选绎》的序文，我均要他们付稿费的。（我自己不要是另一回事。）因此，当书出版后，就可拿到，我正要征求你处置的方法。放在我那儿，是很方便，但我绝不会拿来买书，因为，你要什么书，我能力总可办得到。《开卷》出版后，定当立刻寄上。

明天到书局去，会购《弘一法师传》及《随笔合订本》寄上，其中合订本，你倒不可不看，我仔细用原版校对了一遍，发现删改的地方很多，倒是另一种版本。

谢冰莹现居美国，她到美国时在大洋船上跌了一跤，现在有点跛了，该文也自当复印寄上。（文末取我为华实书局订的出版书目，于是一错再错。）又前信你问及关国煊其人，现在我查到了，他专为台湾《传记文学》写人物传记的，没有用笔名。

新枚兄过港，那真是个好消息，那他会是我第一个能接触丰家来人了。请他千万要跟我联络上，我家里电话是 5–494952（在香港岛方面打电话，不必先拨 5 字），不必理会什么时间，我不在家，也可把口讯传下（我家有人懂普通话），如没人接听，晚上六七点钟，多有人在家。只要说明他住的地址，我自能找到——我是老香港。许多国内来的学术团体，均有自由行动时间，就是没有私款也没关系，借电话不用钱，我总十分方便去看他。请他千万要跟我联络上才好。

《南洋商报》我还没看到，但在香港找也很容易。你说那些三十年老资料，是我 1973 年，在日本一年内寻回的“宝藏”，现在想起来，那年的节衣缩食也实在很值得。目前，甚至有在美国的朋友愿意义务为我找有关丰先生的资料，只因给我的傻劲感动了。

《挑灯风雨夜……》一文，在香港发表后，使爱敬丰先生的人都很感动，有人认为自丰先生获平反前后，出现的文章（有关丰先生的），最有分量的一篇。

我是广东人——其实，我父祖三代都在香港，从不知道乡居面貌。我跟哥嫂侄儿住在一起，父母早逝，是我一个人独自成长。地址是哥哥的家。你写信来自可不必写英文。在信封面上贴的地址，带有英文，也只为方便寄外国去而已。

说起到上海来，由于学校假期限制，及我现在写一篇论文，必须在三四月交卷，所以实在不敢到外边去。看来最快也得到明年暑假才能成行了。又：广洽大师出版了一本很精美的丰先生书信集，可惜是非卖品，我在一位书法家家中看过，真希望能有一本，你能不能把大法师的新加坡地址写给我，或代我致意一声，请他赠我一本，我自当奉还邮费；《遗文》出版后，也会奉寄给他以作纪念。

为了赶往付邮（我在中大——中文大学，远在市郊，每星期只有三天，有邮政车来校服务），下次再谈。祝好！

玮銮

1979.10.25

7

一吟姐：

你用明川来称我，实在十分高兴，因为“明川”对我有特殊意义——这是专为写有关丰先生文字而设的。出自你手你口，自更亲切。

《遗文》出版，朋友在报上写了点东西，现复印寄上。书，我会寄上，你不用理会它的“来源”，反正，我总不会感到任何困难，你放心好了。不够用，可来信，我会再寄。

那天莫一点来电话，说漫画集出版了，会送我一本。我顺便问他会不会寄给你，他说会寄，但寄多少我倒不方便追问，反正，他不是出版者，也没有权作主张。他说很久没收到你信，我说你大概忙着校对《源氏物语》，便中你可去信给他谈谈。

台湾出版林文月译的《源氏物语》，自当购寄。她比我早两年到京都大学人文科学研究所当研究员，跟日本教授们很熟，但译文好不好我不清楚。

新枚兄着实似丰先生笔下的老实人物，我们真有点一见如故。只可惜，他没法出外走走，我本想带他到中文大学、香港大学及理工学院的电子系去看看。又因为淡宁大姐因公干离港，我跟她丈夫通电话，马先生（她丈夫）说新枚兄是世交之子，淡宁大姐不在家，他也当尽地主之谊请新枚兄吃饭，谁料新枚兄不能出来，我只好请他打消主意。稿费仍在他们那儿，存起来，他日可能要用，就十分方便。

“当年的小瞻瞻”，唉！难怪有一回你来信说，人长大了就会变了，原来内里自有一番感慨。想起来，真叫人神伤。我实在幸运，自中学一年级，父母双亡后，曾独立生活了五年，到高中三年级才搬到兄嫂家去，一住已二十多年，大家感情融洽，我嫂嫂待我如子女，让我安身安心做自己喜欢的事。

新枚兄来港前一天，我在街上碰见李君毅[①]先生，他告诉我如果是丰先生子女来港，他愿意把画交还，别人来则一定不肯交出，免人家取去图利。他

---

① 李君毅，香港旅行家，作家。1949年丰子恺在香港办画展，李君毅在《华侨日报》上作《画展先读记》一文。

在港是专搞郊外旅行团的，年纪大身体好，只是几年前耳朵忽然聋了，脾气变得古怪。那天我匆匆在街上，用写字方式告诉他新枚兄来了，他就如此告诉我，但因写字交谈不方便，我也没有多说什么。

因为他脾气怪，我曾多次去信请求他借出藏有的《客窗漫画》《战地漫画》等，让我出版，他也不回信。自《明报》月刊莫一点文章刊出后，由于文中提及李君毅藏有丰先生的画，他似乎很生气，有一次在火车上碰见他，他便对我说："我也忘了有多少画在我家，但我又不是贪心，丰先生自己也不知道把那些画托存我家，便一托卅年。人家总以为我收起来有什么意图……"说真的，他的确不会把画变卖图利，只是人老了，有点怪。几年前到他家，只觉书画堆放如山，十分凌乱，我怕只怕那些画已因保存不好而损伤了。我每次跟他笔谈都很吃力。至于你跟他通讯本来不错，但还是先让我问问他意思，才把地址给你，否则他脾气发作，便坏了大事。

查我未见过《东京回忆》一文，但看情况应指 1925 年《东京某晚的事》，只是作者误记题目而已。

我已于十二月十二日收到广洽法师寄来的《书信》，自当去信致谢，并会寄上《遗文》，你不必挂念。

又今期《美术家》刊出丰先生画多幅，我用平邮寄给你。

随信寄上的复印，是朋友在报上的支持。（其中《脸》不是，但提及你们，故多印一份。）

匆匆，祝好。代向丰老太太致候。

明川

1979.12.12

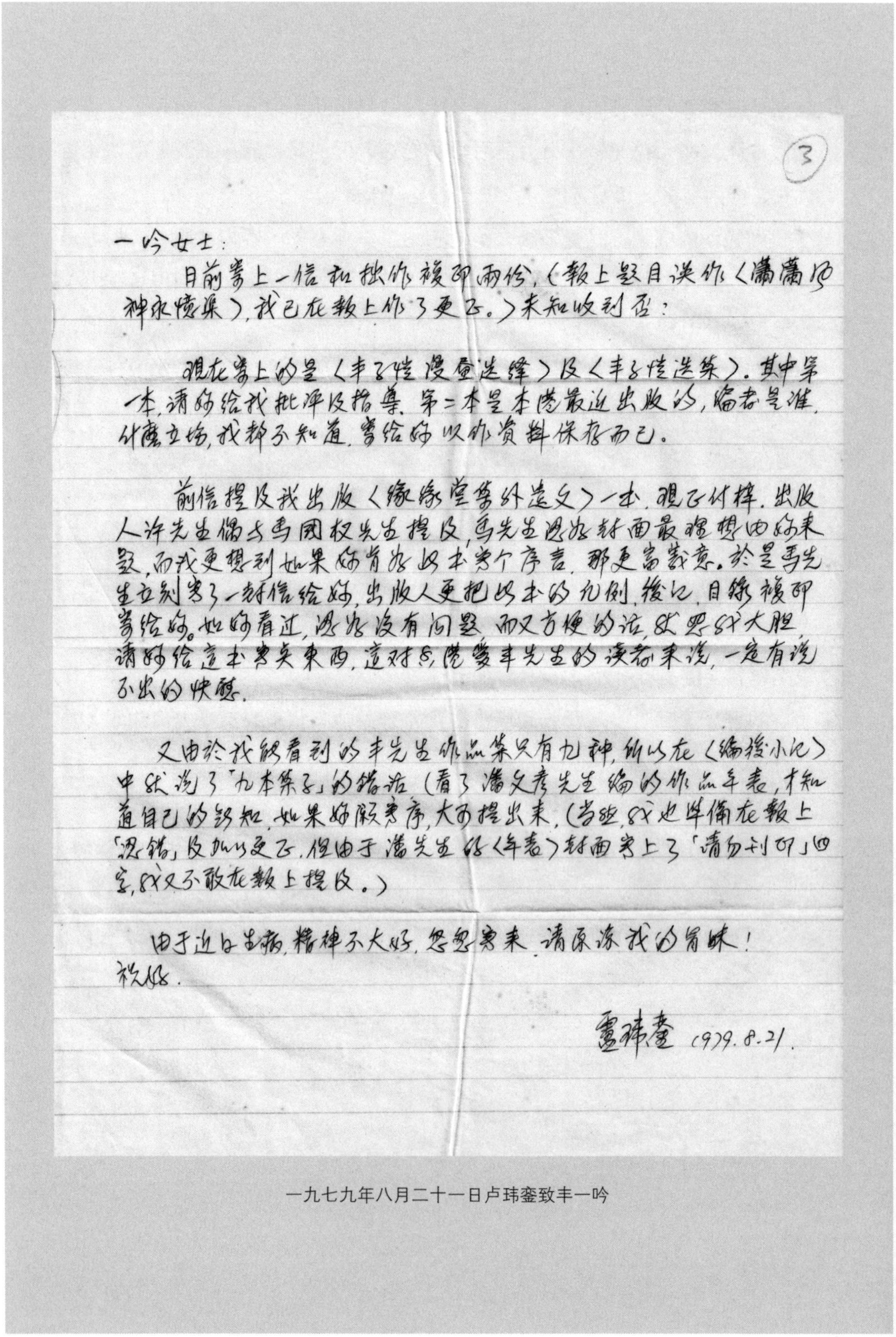
(3)

一吟女士：

目前寄上一信和拙作複印兩份，（報上題目誤作《滿滿的神永懷深》，我已在報上作了更正。）未知收到否？

現在寄上的是《丰子愷漫畫選繹》及《丰子愷選集》。其中第一本，請妳給我批評及指導。第二本是本港最近出版的，編者是誰，什麼立場，我都不知道，寄給妳以作資料保存而已。

前信提及我出版《緣緣堂集外遺文》一本，現已付梓。出版人許先生偶與馬國權先生提及，馬先生認為封面最理想由妳來題，而我更想到如果妳肯為此本寫個序言，那更富意義。於是馬先生立刻寫了一封信給妳，出版人更把此本的凡例、後記、目錄複印寄給妳。如妳看過，認為沒有問題，而又方便的話，我想我大膽，請妳給這本寫些東西，這對於愛丰先生的讀者來說，一定有說不出的快慰。

又由於我能看到的丰先生作品集只有九種，所以在《編後小記》中我說了「九本集子」的錯話（看了潘文彥先生編的作品年表，才知道自己的無知。如果妳願寫序，大可提出來。（當然，我也準備在報上「認錯」及加以更正，但由于潘先生的《年表》封面寫上了「請勿刊印」四字，我又不敢在報上提及。）

由于近日生病，精神不大好，匆匆寫來，請原諒我的冒昧！

祝好。

盧瑋鑾 1979.8.21.

一九七九年八月二十一日卢玮銮致丰一吟

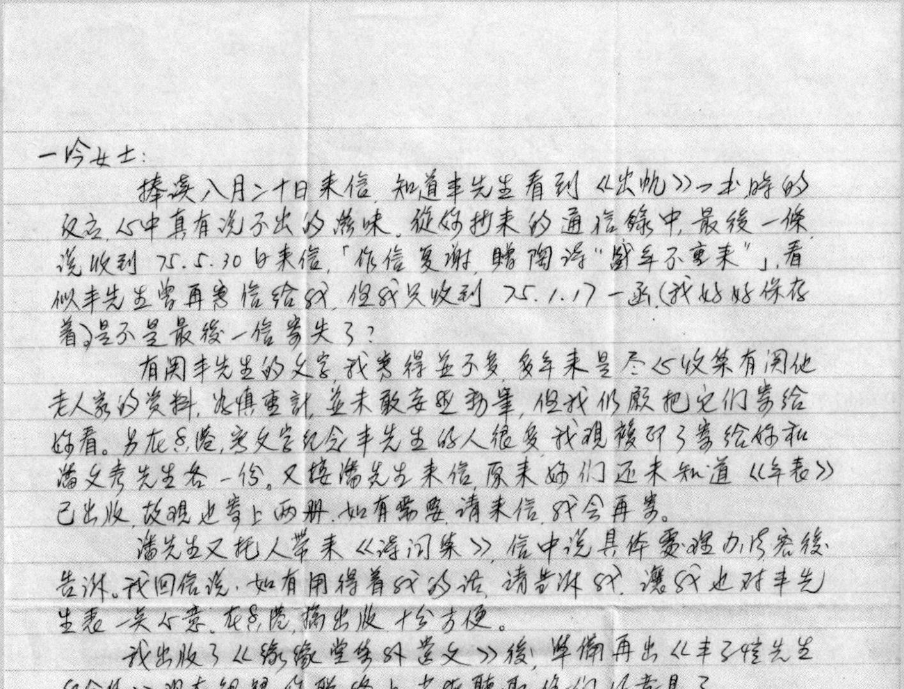

一吟女士：

捧读八月二十日来信，知道丰先生看到《出帆》一书时的反应，心中真有说不出的滋味。從妳抄来的通信录中，最後一条说收到75.5.30日来信，「作信复谢，赠陶诗"岁月不重来"」，看似丰先生曾再寄信给我，但我只收到75.1.17一函（我好好保存着），是不是最後一信寄失了？

有关丰先生的文字，我觉得并不多，多年来是尽心收集有关他老人家的资料，必慎重计，并未敢妄然动笔，但我仍愿把它们寄给妳看。另在香港，写文字纪念丰先生的人很多，我现複印了寄给妳和潘文彦先生各一份。又接潘先生来信，原来妳们还未知道《年表》已出版，故现也寄上两册，如有需要，请来信，我会再寄。

潘先生又托人带来《诗词集》，信中说具体处理办法容後告诉。我回信说，如有用得着我的话，请告诉我，让我也对丰先生表一点心意。在香港，搞出版十分方便。

我出版了《缘缘堂续笔选文》後，准备再出《丰子恺先生纪念集》，现在很想跟妳联络上，当然聽取你们的意见了。

1974年我没到上海，1976年夏我是到过，但因跟团体一起走，没有逗留得久，我也不敢问有关丰先生的事情。不过，我已许了愿，他日必要到丰先生灵前致祭。希望不久便有这机会。

妳在《南洋商报》上的文章，我没看到，请告诉我出版日子，我会找到。

複印资料邮寄不够快，所以先寄此信。相信，很快妳便看到它们了，请告诉我妳的感想和意见。

莫一点跟妳拍照片，我收到了，现在也寄上我的照片一张，是在家中拍的。

又：来信，请别称我女士，可以我的名字称，真的，由于丰先生的关係，在感情上，我对妳很有亲切感。

祝好

玮銮 1979.8.29.

一九七九年八月二十九日卢玮銮致丰一吟

何莫邪 3通

何莫邪（Christoph Harbsmeier）（1946— ），德国人，著名汉学家，西方研究丰子恺第一人，挪威皇家科学院院士、奥斯陆大学汉学系教授。著有《社会主义与佛教徒的相遇：漫画家丰子恺》《丰子恺——一个有菩萨心肠的现实主义者》等。

1[①]

丰陈宝、丰一吟女士：

多谢你们宝贵的意见。你们惠于指正，我当然很欢迎。你们腾出时间批评我拙著，我当然很高兴。

丰先生的结婚情况、家庭情况我不清楚：一定会按着你们意见改写我拙原稿。

《护生画集》第六集我没见过，请告诉我是哪里出版的？

Association on the...

我同情你们的意见，我大概过分着重教育，但是从漫画看来，丰先生对教育制度一定有意见，跟我说的差不多。

《某父子》：你们提的意见很有意思，我以前没有想到行李可能是孩子的，那真有趣味。

你们说道德风气比以前好多了，我完全同意。你们说孩子们还是顽皮的，天真的，烂漫的，我深刻同意，但是公开的坦白，率真是另外一个问题……

这是我的拙意见，请你们随便教训我。本来我对这些问题是外行，见闻

① 此信有部分删节。

很有限，学术水平很低，只爱好你们父亲的艺术、文学作品，佩服他的思想和为人，我可以说他教我一个深刻的人生哲学的教训，我终生不会忘记。

祝你们全家好！

愚晚莫邪

1981.8.4

2

丰一吟女士：

您宝贵 82.3.6 的来信收到，格外高兴，多谢您盛情。你寄来的资料对我大有用处（特别您大作《子恺著译书目》）。

所有您刊载的关于您父亲的文章，我都要选入书目，帮助别人继续研究他的创作生活。

今年八月我打算去北京参加会议，可能有机会去上海拜访您：我还不知道。

拙著出版以后，我当然寄上一册。函内有一些邮票给孩子们收。

祝您全家好！

P.S

广洽先生的地址，您有吗？

愚晚莫邪

20.3.1982

3

丰一吟女士：

您大作《丰子恺传》我现在借到，翻阅了一次：这真是写得好！祝贺你们大家！

原来我应该删掉拙著第一章，翻译您大作以代替，但可惜太长了！我把您大作当作一个人传艺术作品。它让我们了解一大人物的生涯，描写得比较坦白，很活泼，有幽默感，有趣味。可见子恺先生的精神还活着，您大作就是子恺精神的一个适当的纪念碑。

我打算根据您大作改写拙著《子恺略传》，可惜我本没资格，只有一点亲和力（〔德文〕Wahlverwandschaft），您就有亲属关系。

今年八月北京社会科学院组织第十五届国际汉藏语言学会议，我想参加，讲演。后来经过上海的时候希望拜访您，畅谈令尊艺术和生涯。

祝全家好!

愚弟莫邪

一九八二年，三月，二十六日

于奥斯陆大学

附记：新加坡薝卜院印的资料我很想看，不知从哪里借来。

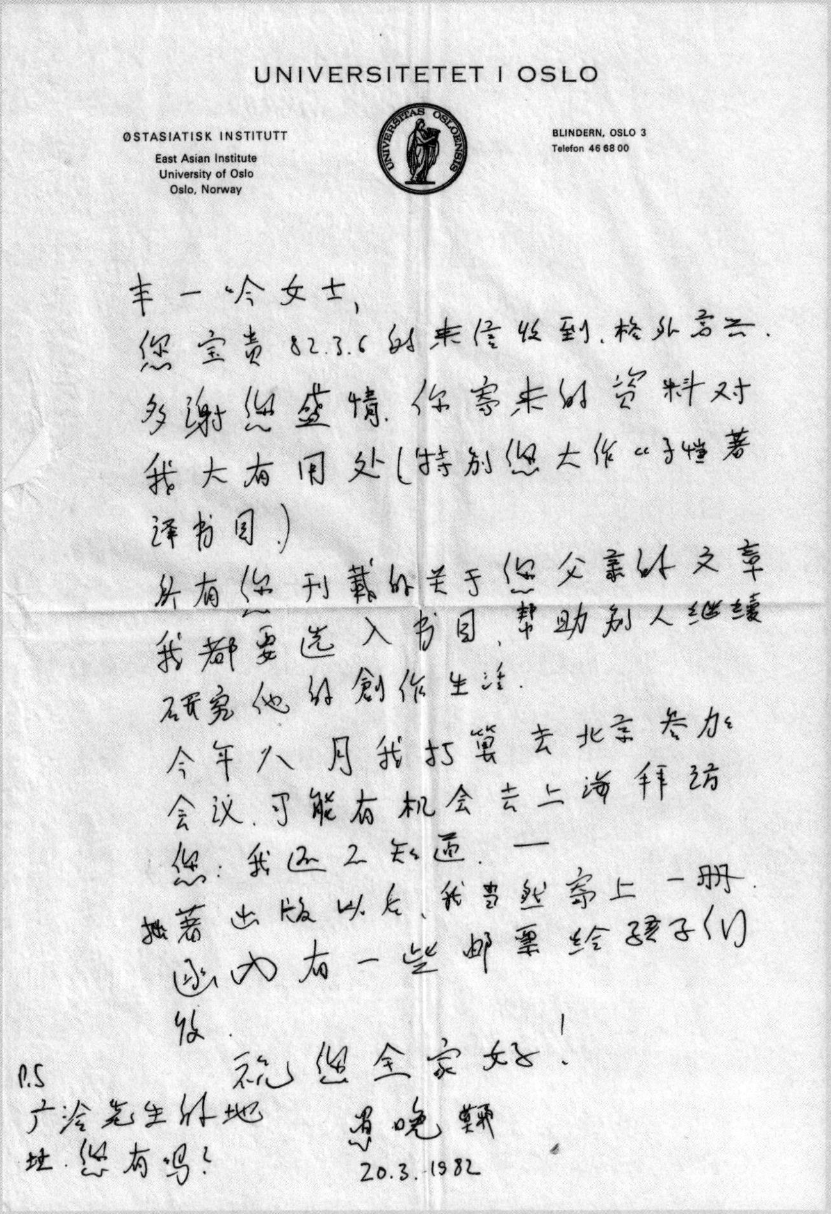
UNIVERSITETET I OSLO

ØSTASIATISK INSTITUTT
East Asian Institute
University of Oslo
Oslo, Norway

BLINDERN, OSLO 3
Telefon 46 68 00

丰一吟女士，

您宝贵82.3.6的来信收到，格外高兴。多谢您盛情。你寄来的资料对我大有用处（特别您大作《子恺著译书目》）另有您刊载的关于您父亲的文章我都要选入书目，帮助别人继续研究他的创作生活。

今年八月我打算去北京参加会议，可能有机会去上海拜访您。我还不知道。一

拙著出版以后，我当然寄上一册。

函内有一些邮票给孩子们收。

祝您全家好！

何莫邪

20.3.1982

P.S

广洽先生的地址您有吗？

一九八二年三月二十日何莫邪致丰一吟

邱少华 1通

邱少华（1946— ），新加坡书画家。

一吟女史惠鉴：

今天接奉第二次惠赐大作八幅，连同前次者共观世音 7、释迦佛 5，非常感谢。到时将乐捐款项作广洽长老基金。

上星期，传发法师[①]来电道歉，说居士林这次专门为您一人开画展，原本邀我以书法作品参加义展之计划，是否可以更改。即以您为主，更恰当。我本来准备写些弘一大师与丰子恺大师之禅语、艺术语录与哲学思想，现在只好等以后再说。您个人展出，我们将同样给予全力支持与协助，请放心。祝您展出成功。

专此奉谢。敬祝

安康！

弟邱少华合十

94/12/2

① 传发法师，广洽法师弟子，曾主持新加坡居士林。

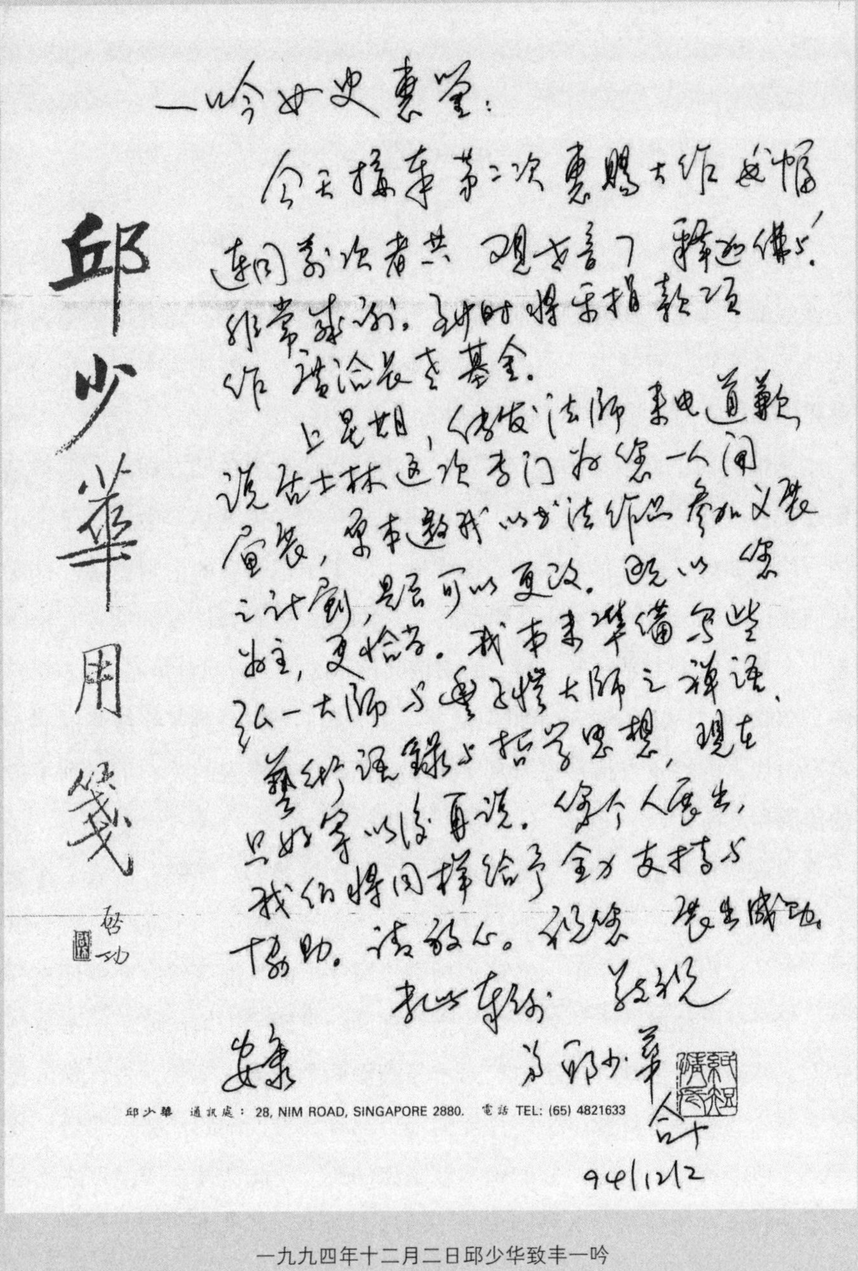

邱少華用箋

启功

一吟女史惠鉴：

今天接奉第二次惠赐大作四幅，连同前次者共观音7释迦佛5，非常感谢。届时将会捐献给作弘法基金。

上星期，传发法师来电道歉，说居士林这次专门为您一人开画展，原本邀我以书法作品参加义展之计划，是否可以更改。既以您为主，更恰当。我本来准备写些弘一大师与丰子恺大师之禅语、艺术理念与哲学思想，现在只好等以后再说。您个人展出，我们将同样给予全力支持与协助。请放心。祝您展出成功。

特此奉复 敬祝

安康

弟邱少华 合十

94/12/2

邱少華 通訊處：28, NIM ROAD, SINGAPORE 2880. 電話 TEL: (65) 4821633

一九九四年十二月二日邱少华致丰一吟

后　记

缘缘堂，丰子恺曾经的生活家园，也是他的精神家园。随着丰子恺艺术越来越受人重视，喜欢丰子恺的人越来越多，缘缘堂已然成为中国文化的一个重要标签，成为很多读书人心所向往的文化地标。

丰子恺生前结交了很多各行各业的朋友，以文化界的朋友居多，通信是他们在交往中最普遍的交流工具。最新出版的《丰子恺全集》中就收录了丰子恺写给亲朋好友的书信 748 封。而实际上，丰子恺收到的信则更多。这次由我们整理的《丰子恺丰一吟友朋书简》，共收录 37 位缘缘堂的朋友写给缘缘堂主人及后人（主要是丰一吟）的书信共计 148 封，时间最早是 1925 年，最晚是 2000 年。从四分之三个世纪的通信中，我们不仅看到了缘缘堂的朋友与丰家两代人的珍贵友情，更看到了丰子恺艺术在众多人的关心下得到了很好的传承和发扬。

这次收录最早的一封信，是 1925 年 11 月 1 日著名红学家、诗人、作家俞平伯写给丰子恺的，当时他们相互仰慕，当丰子恺的第一本漫画集将要出版时，丰子恺写信给俞平伯，邀请他为画集写序。俞平伯慨然应允。他充分肯定了丰子恺漫画的艺术成就，认为借西洋画的笔调写中国诗境，丰子恺是第一人，并毫不吝啬地表达了自己对丰子恺漫画的喜爱："我只告诉您，我爱这一派画。——是真爱……一片片的落英都含蓄着人间的情味，那便是我看了《子恺漫画》所感……您的画本就是您的诗。"此信被丰子恺以跋文的形式全文收录在他的第一本漫画集《子恺漫画》中，可见丰子恺对俞平伯的重视。

其实丰子恺和俞平伯的友情，应该归功于丰子恺的另一位朋友朱自清，当时朱自清与俞平伯一起创办了杂志《我们的七月》，朱自清邀请丰子恺设计了封面，又在刊物上发表了丰子恺的漫画《人散后，一钩新月天如水》。作为刊物合作者的俞平伯，对丰子恺的漫画印象深刻，后来还邀请丰子恺为他的第一本诗集《忆》画了插图。

丰子恺与朱自清的交往要追溯到白马湖畔的春晖中学，两人都是受聘教师，又是邻居，志趣相投，文风相近。丰子恺的《子恺漫画》同样收录了朱自清的信作为代序之一。信中回忆了两人在白马湖畔的情景："你总该记得，有一个黄昏，白马湖上的黄昏，在你那间天花板要压到头上来的，一颗骰子似的客厅里，你和我读着竹久梦二的漫画集……我说：'你可和梦二一样，将来也印一本。'你大约不曾说什么；是的，你老是不说什么的。我之说这句话，也并非信口开河，我是真的那么盼望着的。况且那时你的小客厅里，互相垂直的两壁上，早已排满了那小眼睛似的漫画的稿……"这封信见证了白马湖是丰子恺漫画艺术的最初起点。

把丰子恺召唤到白马湖的，是他的恩师夏丏尊先生。丰子恺就读于浙江第一师范学校时，夏丏尊是舍监和国文老师，其开明进步的教育思想深深影响着丰子恺，尤其在写作上对丰子恺帮助很大。而夏丏尊对丰子恺也深为赏识，当经亨颐邀请夏丏尊主持春晖中学日常教学工作后，夏丏尊第一时间邀请刚从日本留学归来的丰子恺，到春晖担任音乐和美术老师，一同在白马湖边安家乐业，课余时间经常一起喝酒谈天，结下了深厚的友谊。这次收录了夏丏尊的两封信，字里行间透露着因战乱导致离别后的思念和牵挂，当缘缘堂遭日军炮火毁灭的消息传来，夏丏尊忧心忡忡，又无能为力，唯有把丰子恺赠他的画《几人相忆在江楼》挂在墙上，"日夕观览，聊寄遐想，默祷平安"。读来无不为之动容。虽时局动荡，但夏丏尊依然没有放弃与丰子恺在艺术上的交流，并鼓励丰子恺在漫画的基础上，向"人物背景并重"的大画发展。从丰子恺的漫画艺术来看，丰子恺显然采纳了夏丏尊的意见，才有了后来很多脍炙人口的经典之作。

丰子恺的另一位精神导师李叔同——弘一法师，两人亦师亦友，留下了很多动人的佳话。李叔同出家前把一个亲笔自撰的诗词手卷赠送给丰子恺；丰子恺护送先生到虎跑寺出家；"缘缘堂"的名字就是弘一法师所赐。考虑到弘一法师云水萍踪，居无定所，丰子恺与刘质平、经亨颐、夏丏尊、穆藕初等人募款集资，为法师在白马湖修筑“晚晴山房”。此次收录弘一法师写给丰子恺的十封信，既有探讨《护生画集》的创作思想和编排问题，又有诸多具体的委托事项，可见丰子恺不仅是弘一法师最为赏识的弟子之一，也是最值得托付的朋友。

丰子恺的另一位朋友叶圣陶，参与了《子恺漫画》的出版，促成了丰子恺和朱自清同题散文《儿女》同时在其主编的《小说月报》上发表，还与丰子恺合作出版了一套《开明国语课本》，丰子恺也为叶圣陶设计过图书封面、画过插图。此次收录了叶圣陶写给丰子恺的信一封，从信中内容推测，应是1957年初叶圣陶刚从印度参加亚洲作家会议回来，告知丰子恺有关一位朋友“调职一事”，也提到了妻子旧病复发的消息，纯粹是老友间的互通音讯。难能可贵的是，三十年后，叶圣陶通过丰子恺小女儿丰一吟，与丰家再次建立起了深厚的友谊。这次收录了叶圣陶写给丰一吟的十二封信，从1978年1月的初次通信，到1983年2月的最后一封信，字里行间，谈的都是与丰子恺有关的人和事，对丰子恺作品的出版情况甚为关切。

像这样从与丰子恺的友谊发展到与丰子恺子女的友情的还有很多人。钱君匋在上海艺术师范专科学校求艺时，曾师从丰子恺，师生间的友谊保持了很多年。但“文化大革命”期间，因为一些误会，丰子恺和钱君匋的师生关系有一点紧张，以至于丰子恺子女对钱君匋也有了一些看法。此次收录的钱君匋致丰子恺的一封信，对当时的误会进行了一番解释，现在看来，在那时的环境下，丰子恺和钱君匋实在都很无辜。好在大家都是明理之人，一切都应向前看。这次收录了钱君匋致丰子恺及其子女的信达二十三通，除了一通写给丰子恺，一通写给丰子恺长女丰陈宝（当时丰陈宝爱人杨民望刚刚去世，钱君匋就第一时间去信安慰），其他的信都是写给丰一吟的，内容从约稿、行程通报、寄送出版物，到商讨展览会，对师长丰子恺充满了崇敬，对丰师母也是礼数周到。

此次收录的书信中，很大一部分内容，是关于丰子恺故居、著作、研究方面的交流，是丰子恺研究中很重要的史料。如著名漫画家华君武有篇很著名的回忆文章《子恺先生》，是在丰一吟的请求下写成的。当时丰一吟正在为学林出版社编《现代美术家画论·作品·生平——丰子恺》一书，希望华君武写篇序，华君武迟迟没有动笔。虽然“沉溺于文山会海里”，华君武还是非常慎重，想知道是本什么书，书名是什么，并想进一步了解“丰先生译著书目、生平和创作的内容”，为此压了两三个月，“着急得很”。利用在杭州开会的间隙，华君武完成了这篇序言，文中他回忆起五十年前陪丰先生夜游西湖，聆听先生教诲，后又在上海得到先生馈赠两本译作。他高度概括了子恺漫画三个特点：民族风格、普及性、深入浅出。此文完成后，被同行的《美术》月刊编辑捷足先登，拿去发表在1984年第12期《美术》月刊上。华君武本人也对这篇文章十分满意，第二年缘缘堂重建落成后，他将全文书写在一横幅上献给缘缘堂。八年后当华君武第一次看到此文以“代序”的名义被用在《现代美术家画论·作品·生平——丰子恺》一书中，得意地在信中对丰一吟说：“我的文章还是出自我内心的，非时下那种捧场和借捧人抬自己的文字可比。”

此次收录的书信以写给丰子恺小女儿丰一吟的居多。作为丰子恺研究会发起人之一的丰一吟，在20世纪80年代初期，就积极与父亲生前好友取得联系，请求他们的帮助，为丰子恺研究提供第一手资料。丰一吟的热情、周全、谦卑和勤奋，特别是她对于丰子恺研究的不遗余力，赢得了很多文化界人士的尊重和支持，才有了这一批珍贵书信的诞生，让我们看到了巴金、俞平伯、叶圣陶、施蛰存、柯灵、陈从周等文化大家们对于丰子恺及他的艺术的回顾和评价。

丰子恺生前在弘一法师的引领下皈依佛门，以居士自称，用自己的一生虔诚地修行佛家真义，尤其是他所画的《护生画集》在佛教界影响深远，故有很多佛教界的朋友。丰一吟也承袭了父亲衣钵，与佛教界朋友书信往来频繁，这次收录了赵朴初、广洽法师、晓云法师、真禅法师、慧云法师（林子青）等大师的书信，弥足珍贵！

这些书信大多数是首次公开面世，对于了解丰子恺、研究丰子恺及其艺术均具有重要作用。相信《丰子恺丰一吟友朋书简》的出版，必将给方兴未艾的丰子恺研究增添一分绚丽的色彩。

遗憾的是，就在我们即将完成《丰子恺丰一吟友朋书简》的整理工作时，一吟阿姨却离开了我们，让我们深感悲痛！正是她对丰子恺研究锲而不舍的精神感召着我们，给我们树立了一个标杆。我们唯有继承她的遗志，以虔诚的态度来完成这项有意义的工作，才是对她最好的纪念！

由于个别书信的字迹较难辨认，在整理过程中得到了一些朋友的大力帮助，有的还是素不相识的书友，不仅帮助认字，还提供依据，特别要提到其中的两通日文信札，得到了日本广岛大学胡青庆老师的帮助，在此一并表示感谢！

限于我们的学识和水平，书信中的注释还存在很多不尽如人意之处，个别书信日期也无从考证，有几封日文信因字迹难辨，求助日本友人也无法得到解决，只得忍痛割爱……诸多遗憾，还望各位读者见谅，希望以后还有弥补的机会。

禾塘　杨子耘

二〇二二年四月二十五日

“蠹鱼文丛”书目

《问道录》　扬之水　著

《浙江籍》　陈子善　著

《漫话丰子恺》　叶瑜荪　著

《文苑拾遗》　徐重庆　著　刘荣华、龚景兴　编

《剪烛小集》　王稼句　著

《立春随笔》　朱航满　著

《苦路人影》　孙郁　著

《入浙随缘录》　子张　著

《潮起潮落——我笔下的浙江文人》　李辉　著

《越踪集》　徐雁　著

《木心考索》　夏春锦　著

《文学课》　戴建华　著

《老派：闲话文人旧事》　周立民　著

《定庵随笔》　沈定庵　著

《次第春风到草庐》　韩石山　著

《藕汀诗话》　吴藕汀　著　范笑我　编

《学林掌录》　谢泳　著

《如看草花：读汪曾祺》　毕亮　著

《读写光阴》　孔明珠　著（待出）

《书是人类的避难所》　安武林　著（待出）

书信系列

《锺叔河书信初集》　夏春锦等　编

《龙榆生师友书札》　张瑞田　编

《容园竹刻存札》　叶瑜荪　编

《李泽厚刘纲纪美学通信》　杨斌　编

《来新夏书信集》　来新夏　著　王振良　编

《丰子恺丰一吟友朋书简》　杨子耘、禾塘　编

《丰子恺子女书札》　叶瑜荪、夏春锦　编（待出）

《汪曾祺书信笺释》　李建新　笺释（待出）